愛を見失う前に

ミランダ・リー 作

落合どみ 訳

ハーレクイン・クラシックス

東京・ロンドン・トロント・パリ・ニューヨーク・アテネ・アムステルダム
ハンブルク・ストックホルム・ミラノ・シドニー・マドリッド・ワルシャワ
ブダペスト・リオデジャネイロ・ルクセンブルク・フリブール

Night of Shame

by Miranda Lee

Published by Harlequin K.K., Tokyo, 2009

◇作者の横顔

ミランダ・リー　オーストラリアの田舎町に生まれ育つ。全寮制の学校を出てクラシック音楽の勉強をしたのち、シドニーに移った。幸せな結婚をして三人の娘に恵まれたが、家にいて家事をこなす合間に小説を書き始める。現実にありそうな物語を、テンポのよいセクシーな描写で描くことを得意とする。趣味は幅広く、長編の物語を読むことからパズルを解くこと、そして賭事にまで及ぶ。

1

彼と顔を合わせるなんていや。頭に浮かんだ彼との再会の場面を振り切るように、ジュディスは目を閉じた。あれから七年にもなるというのに、ジュディスは自分自身のことも、恥知らずな罪の共犯者のことも、決して忘れたり、許したりできないでいた。

「どうして彼を招待したりしたの？」ジュディスは緑色の目を大きく見開いて迫った。「今夜は婚約披露パーティなのよ。ビジネスとは関係ないでしょう」

　暖炉の脇《わき》に立っていた長身の男性は、片方の手を大理石の炉棚に置いて、静かにパイプをくゆらせている。

「レイモンド、私の話を聞いているの？」ジュディスは厳しい口調で尋ねた。「どうしてアレクサンダー・フェアチャイルドを招待したか答えてよ」

　レイモンドはため息をつくと、指定席となっている暖炉の脇の肘掛け椅子に腰を下ろして、火のついた薪《まき》をつついた。ぱちぱちと火花が煙突まで飛び散る。彼はジュディスの顔を見ようともせず、ただ燃えさしが息を吹き返すのをじっと眺めていた。

「どうして招待してはいけないんだ？」やがて、いらだちを押し殺した声でレイモンドが尋ねた。

「ひとつには、あなたが彼のことをよく知らないからよ。昼食を一緒にしたぐらいでしょう？」

　レイモンドは顔を上げて、肩をすくめた。「だからどうだっていうんだ？　文句を言われるなんて思ってもみなかった。だいたい、君が彼を知っていることさえ知らなかったんだからね」

　ジュディスは叫び声をあげそうになった。どうしてレイモンドは平然とした顔をしていられるの？　私は胸が張り裂けそうだというのに、気がつかないの？

　レイモンドに歩み寄り、ジュディスは打ちひしがれた声で言った。「彼の招待を取り消して。お願い」

「なぜ彼を嫌うのか理由を聞かせてくれないか？　君たちがどういう知り合いなのかもね」

「彼は最低の人間よ」その声には動揺がにじんでいた。「腐りきってるわ！」

　レイモンドは眉を片方上げた。「悪口なんて、君らしくないね。どうしてそんなふうに言うんだ？　僕にはとても礼儀正しい男に見えたけどね」

「あなたは私と違って、彼を知らないからよ。でも、彼のことは話したくもないわ。だから、何も言わずに私の言うことを信じて」

　ジュディスは頭がくらくらし、顔が紅潮して、心臓がどきどきいっていた。

　ああ、なんとかしないと胸が張り裂けそう。落ち着かなくては。ただ驚いただけよ。久しぶりに彼の名前を聞かされたうえに、また顔を合わせなければならないとわかったせいよ。

　一瞬でも彼と顔を合わせると思っただけでもいやなのに、ひと晩じゅう顔を突き合わせていなければならないなんて冗談じゃない。

「招待は取り消せない。彼がどこのホテルに泊まっているか知らないんだ」

　ジュディスは向き直って、レイモンドの顔を見つめた。「だったら私が出席するのをやめるわ。彼と一緒の部屋にいるなんてたまらないもの」

　そう口にしたとたん、レイモンドにそんなむちゃを言ったのは間違いだったと悟った。

　レイモンドが顔をこわばらせている。ジュディスは彼の向かいの席に腰を下ろした。「具合が悪いと言ってもらえないかしら？」

いらだちもあらわにレイモンドがにらみ返す。

「むちゃを言うのはやめてくれ、ジュディス。マーガレットは君のためにパーティを開いてくれるんだぞ！」

　どんなときもいさかいだけは起こさないようにしようと心がけてきたジュディスだったが、今日ばかりは神経が擦り減っていたおかげで、思わずマーガレットに対する感情がむき出しになってしまった。

「いいえ。パーティはあなたのため、愛する兄のためのものよ、レイモンド」

「君たちが気が合わないのは知っているけど、少なくともマーガレットは努力しているよ」

「そうね、確かにすばらしい努力だわ。なにしろ、私がお母さまの看護婦として到着して以来、ずっと私を嫌ってるんですものね」

「待ってくれ、ジュディス、それはないだろう。母の病気は家族にとってかなりの負担だったんだ。マーガレットもときには君につらくあたったかもしれないけれど、いろいろと心配が重なってそうなったんだよ」

　自分が何を口にしてしまうかわからなかったので、ジュディスはうつむいたまま不満を隠すように絨《じゅう》毯《たん》を見据えた。

　マーガレットは、母親のミセス・パスコールが新しい看護婦であるジュディスを気に入ったと知ったそのときから、ジュディスに敵愾心《てきがいしん》を燃やしはじめた。ジュディスが日ごとに衰弱していくミセス・パスコールを献身的に介護していたこの七年間、マーガレットの敵意はまさにとどまるところを知らなかった。

　そして、数カ月前にミセス・パスコールが他界し、その後レイモンドがジュディスにプロポーズすると、それは一段とエスカレートした。とはいえ、ジュディス自身もレイモンドのプロポーズには驚いたので、マーガレットの気持もわからないではなかった。

最初のうち、ジュディスはレイモンドのプロポーズを断っていたが、彼は引き下がらなかった。互いに好意を持っているし、ふたりには、読書、音楽や映画の鑑賞、観劇など静かに時を過ごすのが好きだという共通点もあると言ってきかなかった。

ロマンティックな恋はティーンエイジャーに任せておこう。真実の愛とは、情熱よりも友好関係を大切にすることだ。結婚後はそういう愛をはぐくんでいこう。そして、少なくともひとりは子供をつくろう——そこまで言われて、ジュディスはついに説得に応じた。

プロポーズを承諾すると、早速マーガレットには財産目当てだと非難された。だが、ジュディスは決してレイモンドが裕福だから結婚を決めたわけではなかった。皮肉にも、マーガレット自身は金よりもルックスに恵まれた、マリオというかなり年下のラテン系の男と結婚していた。彼女はマリオと幸福に暮らしているように装っていたが、それが偽りであることをジュディスは見抜いていた。

ジュディスがレイモンドとの結婚を承諾した最大の理由は、自分用の寝室を持っていいと言ってくれたからだった。僕はセックスばかりを求めるような性欲に駆られた男ではないから、とレイモンドは理由を説明した。彼には、二週間に一度会う数年来の恋人がいたらしいのだが、婚約してからは自然にその関係も終わったようだった。

自分にはこういう男性が向いていると、ジュディスは信じていた。その種の情熱はかならずしも必要ではない。私が求めているのは、平和な暮らしだ。感情のもつれや、傷つけ合ったりするのは避けたい。それなのにアレックスに会ったりしたら、まさにその両方がもたらされることになってしまう！

「今夜のマーガレット主催のパーティは、彼女なりの和解の申し出なんだよ、ジュディス。どんなことがあろうと、君には出席してもらわないと」レイモンドは言った。

ジュディスは顔を上げて、レイモンドを見つめた。大きな肘掛け椅子にもたれ、唇の端にパイプをくわえた彼の姿は、もの静かだが独裁者のように見えた。

レイモンドは決してハンサムではない。砂色の髪の生え際は後退しかけ、面長の顔にとがった鼻、目は薄灰色で眼光鋭く、口の両端には頬から顎にかけて深い皺《しわ》があった。

だがそうした外見とは別に、レイモンドにはある種の魅力がそなわっていた。おそらく富と手を携えた権力からくるものだろう。彼はたいへんな財産家で、意志が強く、決断力のある性格だ。ジュディスはいつのまにかそこにひかれ、だんだんと頼りにするようになっていた。

「ジュディス、問題を避けて通ることはできないよ。どうして君はアレクサンダー・フェアチャイルドと会うのがそんなにいやなんだ？　なぜ彼を、腐りきった最低の人間だなんて言うんだ？」

レイモンドはパイプを唇から離して、ジュディスを見つめながら答えを待った。

だが、ジュディスは答えなかった。身を硬くして座ったまま、彼の鋭い視線を避けるように暖炉の火を見つめていた。炎が躍っていたが、ジュディスの目には何も映っていなかった。

「彼は昔の恋人なのか？」

「まさか！」ジュディスは激しく否定した。

「大声を出すことはない。僕だって、まさか二十九歳の君がバージンだとは思わないからね」

それを聞いて、ジュディスは頬を赤く染めた。時がきたら話そうとは思っていたのだが、今までその機会がなかったのだ。

「これは、驚いたな。なぜ、話してくれなかったんだ？」

ジュディスは顎をつんと上げて言った。「あなたくらいの年の男性は、結婚式の夜に花嫁がバージンだと喜ぶとばかり思っていたわ。だから……あなたも喜んでくれると思ってたの」

「正直言って、嬉《うれ》しいというより驚いたね。君はすごい美人だし、婚約したこともあったんだろう？　若いカップルは結婚前にベッドで愛し合うのが当然だと思い込んでいたよ」

「でも、サイモンと私の場合は違ったの。プロポーズしてくれたとき、彼は車で事故を起こして入院中だったから。それに彼が全快したころには、もう、私たちは婚約していたけど、結婚式まであとひと月しかなかった。だから、私……待ってほしかったの。サイモンもそれで納得してくれたわ。僕たちの結婚式が、これでますます特別なものになるね、って言って」

そのあとサイモンが理解を示す温かな口づけをしてくれたのを思い出して、涙が込み上げてきた。きっと彼は不満だったにちがいないのに、待っていてくれた。結局、待てなかったのは私のほうだったのだ。

そして、そのあげくサイモンは命を落とした。

ジュディスは罪の意識に押しつぶされそうになった。ああ、神さま、私は永遠に忘れることができないのでしょうか？　自分を許せないのでしょうか？

でも、ただひとつだけ確かなことがある。それは、アレクサンダー・フェアチャイルドを決して許しはしないということだ。アレクサンダー・フェアチャイルドの罪は殺人にも等しい。サイモンと私にしたことを考えると、彼に対する憎しみはいっそう激しさを増していく。

沈黙が部屋を包み、炎が暖炉ではじける音だけがあたりに響いた。

「君はフェアチャイルドとなんらかの関係があったんだろう？　そうでなければこれほど動揺するはずはないからね」レイモンドは容赦なかった。

「アレクサンダー・フェアチャイルドはサイモンの親友だったの」それがすべてを物語っていると言わんばかりに、ジュディスは喉をつまらせた。

レイモンドは当惑した。「それだけじゃ、わけがわからないよ、ジュディス。君はそのサイモンという男と婚約していたけれど、彼はたしか結婚式の二日前に自動車事故で亡くなったんだったね。それと、フェアチャイルドが彼の親友だったことと、どこでどう関係してくるんだ？　君の婚約者はひとりで車を運転していたんだろう？」

「ええ」

「それじゃ、なおさらわけがわからない。僕にわかるように説明してくれ」

恥ずかしさから、ジュディスは嘘《うそ》をつくことにした。真実を話してもレイモンドはわかってくれないだろう。でも、彼を責めるわけにはいかない。私自身でさえあのときの自分を理解できないし、許せないのだから。

「サイモンとアレクサンダー・フェアチャイルドはあの夜、激しい言い争いをしたの」唇がかさかさに乾く。「サイモンが狂ったように車を出したとき……アレクサンダー・フェアチャイルドは、サイモンが酔っていて気が動転していることを知りながら、止めようともしなかった。サイモンが事故で死んだのはアレクサンダー・フェアチャイルドのせいよ。私は絶対に彼を許さない！」

レイモンドは広い額に皺を寄せた。「ふたりは何を言い争っていたんだ？」

「さあ、それは……。何度か怒鳴り声をあげながら取っ組み合いをして、それからサイモンが車で出ていったわ。でも、どうしてそんなことを今さら知りたがるの？　とにかく私が知っているのは、アレクサンダー・フェアチャイルドのせいでサイモンが死んだってことだけよ」

「君は本当にそう思っているのか？」

いらだちをあらわにして、レイモンドはジュディスを見つめた。

「ジュディス、婚約者を失った君がどれほど悲しんだか想像はつく。でも、時がたつうちに、事故の責任がフェアチャイルドにないことぐらい、君にもわかっただろう？　運命を決めるのはその人自身なんだ。君の婚約者は酔っていたんだったら、運転をしてはいけなかったんだよ」

ジュディスは反論しようと口を開きかけたが、レイモンドはそれをさせなかった。

「サイモンとの出会いを思い出してごらん。入院してたんだろう？　車で事故を起こして……。サイモンというのは、あまり分別のあるドライバーではなかったようだな。君はずっとフェアチャイルドを逆恨みしてたんだよ。もういいかげんに目を覚ましなさい」レイモンドは大げさに腕を上げて時計を見た。「もう六時四十五分か。パーティは八時からだから、このへんでくだらない議論はおしまいにしよう。最近買った魅力的なドレスに着替えてくるといい。美しい婚約者を連れていって、みんなを羨《うらや》ましがらせてやりたいんだ」

ジュディスはレイモンドを見つめた。彼は本気だった。いつまでも悩んでいないで、さっさと頭を切り換えて、パーティに出席してほしいと思っているのだ。たぶんアレクサンダー・フェアチャイルドにほほ笑みかけて、何事もなかったかのように振る舞ってほしいと考えているのだろう。

動揺が顔に出ていたらしく、レイモンドが突然身を乗り出してきて、手を取った。「さあ、ジュディス。こんな土壇場になって、マーガレットに断りの電話を入れてほしいなんて、本気で考えているわけじゃないだろう？」

　ジュディスはゆっくりとうなずいた。もうどうすることもできない。

「僕の言っていることは正論だろう？　君のフェアチャイルドに対する敵意は的はずれだ。時が君の心の中で事実を歪《ゆが》めたんだ。もう一度彼に会えば、それが君にもわかるはずだ。それでも彼を見て動揺してしまったら、彼に近づかなければいい。臨機応変に頼むよ。さあ、いつものかしこい君に戻って、身支度にかかってくれ」

　ジュディスはため息をこらえて立ち上がった。

「きっとフェアチャイルドのほうは、君に会っても気にも留めないさ」

　その最後の言葉はジュディスの胸にぐさりと突き刺さった。レイモンドの言うとおりだ。アレクサンダー・フェアチャイルドにとって、私はひとりの人間でさえなく、ただの復讐《ふくしゅう》の道具にすぎなかったのだから。

「あなたの言うとおりだわ、レイモンド。教えてくれてありがとう」

　彼に背を向けると、ジュディスはホールを通って玄関に出た。大理石の床にヒールの音が響く。

　ジュディスは腹立ちを覚えていた。アレクサンダー・フェアチャイルド、なぜ今になって、また私の人生に顔を出さなければならないの？　ようやくいくばくかの幸せと心の平和を見つけかけたのに。なぜ永遠に封じ込められた罪深き亡霊として、恥ずべき一夜とともに過去にとどまっていてくれなかったの？

　怒りとやるせなさに駆られるようにして、ジュディスは広い玄関ホールを横切った。ところが凝った彫刻の施された階段の一段目に足をかけ、贅沢《ぜいたく》な青緑色の絨毯のうねりを見上げたとたん、恐るべき記憶がよみがえってきて、その場に足が凍りついた。装飾が施された手すりの端にしがみつく。

　彼に初めて会ったのは、ちょうどこんな階段を下りているときだった……。

　ジュディスは激しく体を震わせた。手すりから手を離して、階段を上ろうとする。心の隅から押し寄せはじめた感傷的な記憶に屈するようなことはしない。だが、足は思うように動いてくれなかった。

　階段を上りきったところで、ジュディスはまた立ちどまった。この家にいると呪《のろ》われているような気がする。どうしても、家具がたくさん並んだあの家を連想してしまうのだ。サイモンが結婚式の一週間前に連れていってくれたあの家を……。

　サイモンが農場を経営する裕福な家の出身だということは、ジュディスも聞いて知っていた。実際に行ってみると、立派な屋敷にも、彼の母親と妹の洗練された冷たさにもなじめなかった。すべてに圧倒されて、最初の日は満足に口もきけなかった。

　サイモンの父親はとてもやさしくしてくれたが、母親と妹は巧妙かつ辛辣《しんらつ》に、ジュディスがサイモンの妻にふさわしくないと言って責めた。さらに、結婚式の費用を出してあげる、とひどく恩着せがましく言った。ジュディスはそんなことを頼んだ覚えがないばかりか、実際は自分の控えめな性格に合わせてこぢんまりと静かに結婚式を挙げたかった。

　それでもふたりの侮辱を無視して、サイモンの愛に身をゆだねようと思った。結婚は家族とするわけではないし、一緒に住むわけでもない。

　アレクサンダー・フェアチャイルドが現れたのはそんなときだった。サイモンへの愛という心地よい毛布はたちまちはぎ取られた。深紅の絨毯が敷かれた階段を下りたときのことは、まだ覚えている。階段の下には、豪華な中国製のマットが敷かれていた。

　そのマットに足をのせたとき、ドアのベルが鳴った。初日から、これ以上見ず知らずの人と顔を合わせたくなかったジュディスは、逃げるように階段を戻った。中ほどの踊り場まで行ったとき、サイモンに呼びとめられた。

「どこへ逃げるつもりだい、ジュディス？　きっとアレックスだよ。そこにいて！　結婚式での僕の付き添い役を紹介するから」

サイモンが玄関ホールを横切ってドアを開けるあいだ、ジュディスはしかたなく待っていた。

「アレックス！　また会えて嬉しいよ。さあ、入ってくれ！」

サイモンは温かな抱擁で友を迎え入れた。

だが、アレクサンダー・フェアチャイルドは一瞬、不快そうに顔をしかめた。身を引くのではないかと思われたそのとき、彼はサイモンの肩ごしに、階段に立っているジュディスに気がついた。

そして、そのままジュディスを見つめた。

ジュディスも見つめ返した。心臓がどきどきして、そのまま止まってしまいそうな気がしたほどだった。

アレクサンダー・フェアチャイルドは、サイモンのような典型的なハンサムというわけではなかった。もっと粗削りな感じだが、ジュディスの目には、うっとりするほど魅力的に映った。日焼けした彫りの深い顔には、色白で美少年風のサイモンにはない、大人の男らしさがそなわっている。

同い年の二十五歳だとサイモンから聞いてはいたが、アレクサンダー・フェアチャイルドのほうがずっと年上に見えた。知性に満ちた射るような黒い瞳に、ジュディスはその場に釘《くぎ》づけになり、魂までも見透かされているような気がした。

その強烈なまなざしに見つめられていたのは永遠にも思えたが、実際にはほんの数秒だったにちがいない。だが、サイモンに対する愛がつまらない幻想にすぎないことを知るには、それで充分だった。一瞬のまなざしで、婚約者の濃厚なキス以上にジュディスの心を揺さぶることのできる男がそこに存在していた。

　アレクサンダー・フェアチャイルドが視線をそらしたとたん、ジュディスは足元がふらふらして手すりにしがみついた。まるで誰かに刺されたかのように、胸がぎゅっと締めつけられた。

「ジュディス！」サイモンの声がした。「早く下りてこいよ。アレックスを紹介しよう」ジュディスがためらっていると、サイモンは無言の友人に彼女を紹介した。「ジュディスは少し恥ずかしがり屋でね。そこが魅力なんだけど。軽佻《けいちょう》浮薄《ふはく》な金髪女とは縁を切ったんだよ、アレックス。僕は変わったんだ」

　それからの数日間は地獄のようだった。ジュディスはすっかり混乱していた。サイモンが今まで以上に思いやりに満ちた愛情を示すので、婚約を解消したいなどとはとても口に出せない雰囲気だった。

　心を打ち明けられる人がいたらよかったのだが、そういう人はこのオーストラリアにはいなかった。一家はイギリスから移民としてやってきたが、姉のヘレンがイギリスで結婚し、二年前に父親が亡くなったので、それを機に母親もロンドンへ戻ってしまった。母親を結婚式に招きたかったが、旅費がかさむうえにヘレンが妊娠八カ月なので、とても来てはもらえなかった。

　そういうわけでジュディスは、結婚式がすんでアレクサンダー・フェアチャイルドがいなくなりさえすれば、きっとすべてはうまくいく、と自分自身を納得させるほかなかった。

　とはいえ、自分の感情の危険性は感じていたので、アレクサンダー・フェアチャイルドをできるだけ避けた。だが、彼はなかなかそうはさせてくれなかった。ジュディスはふたりきりにならないよう気をつけたが、それで彼への思いや、みだらな欲望が断ち切れるわけもなく、ついにエロティックな夢となって現れた。

たった一度だけ、サイモンの妹と話をしているアレクサンダー・フェアチャイルドに見とれていたことがあった。ところが、彼に気づかれてしまった。あわてて部屋を飛び出した自分が、ジュディスはひどく恥ずかしかった。彼は私の魂にひそむ欲望に気づいてしまったかもしれない。そうに決まっている、と思った。

そして、彼は邪悪な目的のために、それをどう利用するか計画を練りはじめたのだ。

「ジュディス、そんなところに突っ立って何をしているんだ?」レイモンドの鋭い声に、ジュディスははっと我に返った。「遅れるよ」

顔には出さなかったが、ジュディスの心臓はまだどきどきいっていた。アレクサンダー・フェアチャイルドとの再会に私は耐えられるかしら?

耐えるしかないわ。レイモンドの顔を見て、ジュディスは心に誓った。レイモンドとの関係を危険にさらすわけにはいかない。

アレクサンダー・フェアチャイルドにはもう二度と私の生活と心の平和を壊されたりしない。レイモンドはいい人だから、きっと幸せな結婚生活が送れるはずだ。

「急いで支度をしてくるわね」ジュディスは驚くほど冷静に答えた。

寝室に戻りながら、自分に言い聞かせた。大丈夫よ、ちゃんとやれるわ。もう大人なんだもの。二度と彼を近づかせたりしないわ!

2

ジュディスの寝室は、二階の廊下の右手つきあたりにあった。部屋には大きな窓がひとつあり、そこからはプールと、裏庭の高い木立の向こうにシドニー港が見渡せる。家具は高級なくるみ材で、落ち着いた色合いの優雅なものがそろっていた。内装もクリーム色とアプリコット色で、やはり優雅にまとめられている。

だが、たくさんのぬいぐるみがあふれているせいで、少女の部屋のように見えた。その大半を占めるのが熊《くま》で、壁や棚にずらりと並べられている。そのほかにも、窓の下の肘掛け椅子には肘掛けのところに二匹の白いうさぎが座っているし、部屋の片隅には巨大なピンクの象が顔をのぞかせていた。ウッファという名のダックスフントはベッドの端に長々と寝そべり、バーニーという名のセントバーナードはドアの横で番犬の役目を果たしている。

だが、そのなかでもジュディスのいちばんのお気に入りはパンダのぬいぐるみだった。パンダのピーターは、夜は一緒のベッドで眠り、昼間は満足げな顔で枕《まくら》に寄りかかっていた。八歳の誕生日に父親から贈られたもので、寂しいときやつらいときにはよき慰め相手になってくれる。ジュディスはとくにベルベット地のやわらかな感触が好きで、ひと言も非難がましいことを言わずに文句や告白を聞いてくれるピーターを、ありがたく思っていた。

大人になっていくあいだ、ジュディスはお金が入るたびにぬいぐるみの仲間を増やしていった。選ぶときの基準は、ふわふわしたやわらかな感触と、愛くるしい目をしているかどうかだった。ぬいぐるみたちの顔を見て抱き締めると、たちまち心が落ち着くのだ。この子たちのおかげで心理療法や薬が必要なかったのだから、ずいぶんお金の節約にもなっていた。

　レイモンドの母親は、ジュディスのぬいぐるみたちをかわいいと言ってくれた。だが、レイモンドは初めて目にしたとき、寛大な笑みを浮かべただけだった。それがマーガレットとなると、ジュディスの収集を神経を病んでいるようで不健康だと非難した。

「ジュディスはきっと、あのぬいぐるみたちに話しかけてるわよ」マーガレットはある日、嘲笑《ちょうしょう》を浮かべながらレイモンドに言った。

　もちろん、そのとおりだった。

「誰が現れるか想像がつく？」ジュディスは部屋に駆け込むなりぬいぐるみたちに話しかけた。「アレクサンダー・フェアチャイルドよ！　でも心配しないで。もうばかな真似《まね》はしないわ。今は話している時間がないの。支度しないと遅れちゃうから」

　クロゼットの扉を開け、ドレスに目を通す。

　ジュディスの服は、サイモンとつき合っていたころでさえ派手さやセクシーさはなかったが、近ごろは一段と保守的になっていた。そのなかで新婚旅行用に二着ほど、魅力的という形容にふさわしい服を買ったばかりだった。レイモンドから、南太平洋のクルーズに行くから優雅な夜の食事に適切なドレスを買っておくよう言われたのだ。

　ジュディスはその新しいドレスに手を伸ばした。ドレスはスリップ型で色は淡黄色だ。第二の皮膚のように胸や体に吸いつく、すべすべした生地でできており、肩ひもがとても細い。

　ジュディスはその服を眺め、アレクサンダー・フェアチャイルドの前でこれほど挑発的なドレスを着ていいものかどうか悩んだ。でも考えてみれば、情熱は私の一方的なものだった。もし今夜私が裸で現れても、彼はきっと見向きもしないだろう。

そう思うと腹が立って、ジュディスは服をベッドに脱ぎ捨てると、シャワーを浴びに行った。それからドレスを身に着けてドレッサーの前に立った。自分の姿に唇を噛《か》む。

私は胸が大きいほうじゃない。

それでも……。

肌に吸いつくようなドレスに身を包んだすらりと背の高い自分の体に目を走らせて、ジュディスは思わず息を止めた。これではセクシーどころではなく、男を誘っているようなものだわ！

しかたなく、マオカラーで長袖《ながそで》の、腿まで丈のある上着をはおってみた。これなら大丈夫。ブラを着けていないうえに、いらだつほど張りつめた胸が、これでうまく隠せる。とにかく相手が誰であろうと、挑発しているなどと勘違いされたくはない。とくにアレクサンダー・フェアチャイルドには……。もう彼のことなんかなんとも思っていないのだから。

大きなノックの音に、ジュディスは飛び上がった。

「十分で来てくれよ、ジュディス」レイモンドはドアごしに、有無を言わせぬ口調で言った。「七時四十五分きっかりに、玄関で待ってるから」

レイモンドのおせっかいに、ジュディスは腹が立った。けれど、彼がこんなふうにボス風を吹かせて時間にうるさいのはいつものことだ。腹を立てるほうがどうかしている。看護婦として仕事をするようになってから、ジュディスは約束の時間は守るように心がけていた。だから普段ならレイモンドの忠告もありがたく受け入れるのだが、今夜は彼の独裁者ぶった態度が鼻につく。

「わかったわ、レイモンド」ジュディスは歯を食いしばって答えた。

ドレッサーに向き直ると、両サイドの長い栗《くり》色の髪を器用に手に取り、頭頂部でまとめて、金とべっこうのバレッタで留めた。残りの髪はそのまま背中に流す。天然のウェーブがかかった髪は簡単にブラッシングをするだけでまとまった。

化粧も終えた。澄んだオリーブ色の肌は、頬紅を軽くつけるだけでいきいきとした。それに加えて夜はいつも、緑色の大きな目を強調するためにマスカラをつけ、茶系のアイシャドウを塗る。大きくてふっくらとした唇には赤い口紅が似合わないので、ブラウンの口紅を塗った。

ジュディスは仕上がりを鏡で確かめた。とても魅力的で、セクシーだ。

「どうかしら？」ジュディスは黙って見つめる観衆に尋ねた。「刺激的すぎる？　ねえ？　お願い、なんとか言って！」振り返って、パンダのピーターの感情がこもったような目を見る。「何を考えているかわかってるのよ。一度でいいから、私が彼に見てもらいたがってると思ってるんでしょう？　欲望を宿した目でね。ねえ、そうなんでしょう？」ピーターに近づいて抱き上げ、揺すぶった。「きっとそうなんだわ」ジュディスはすすり泣きをこらえて、ぎゅっと抱き締めた。「でも、そうはならないのよ。彼は本当は私のことなど欲しくなかったの。復讐《ふくしゅう》がしたかっただけ！」


あれは、結婚式の二日前に催された盛大なパーティの夜だった。田舎の社交界でサイモンの家とつき合いのある人たちが、彼の花嫁になる女性をひと目見ようと大勢集まってきていた。

シンプルな緑色のパーティドレスを着たジュディスは、ひと晩じゅう落ち着かなかった。とくにサイモンが長時間姿をくらませてしまい、ひとりだったのでなおさらだった。サイモンの気さくな魅力に守られていないと、パーティにはなじめそうになかった。そのうえ、アレクサンダー・フェアチャイルドの強烈な視線を何度も感じて、ジュディスはとにかく目を合わせないようにしていた。

居間の古い柱時計が夜中の十二時を打つころには、パーティもたけなわになっていた。誰もが楽しそうで、大半は酔っぱらっていた。すっかり酔ったサイモンもしばらくぶりに姿を見せたが、飲み物を取ってこようと言ったきりまた戻ってこない。ジュディスは空腹のままかなりのシャンパンを飲んでいたので、頭がくらくらしはじめていた。

五分たち、十分がたったが、サイモンは戻ってこなかった。捜しに行こうと思ったとき、横にアレクサンダー・フェアチャイルドが現れて、白ワインのグラスを差し出した。

「サイモンにこれを頼まれた。彼は母親に用事を頼まれたそうだ。でも、すぐに戻ってくるよ。しばらくここで、君と話をしていてもかまわないかな?」

彼に見つめられて、ジュディスはどぎまぎした。

「でも……私、その……かまわないけど」声が震えた。

ふたりはすっかり話に夢中になり、サイモンが戻ってこないのを忘れてしまったほどだった。アレクサンダー・フェアチャイルドは、シドニー大学の経済学部で出会ったサイモンと親友になった経緯を話してくれた。卒業後、サイモンは大手保険会社の役員研修生になったのに対し、彼はグールバンに近い家族の経営する農場のあとを継ぐため、銀行員の職をあきらめなければならなくなったのだという。トラクターの事故で、父親が両脚とも膝から下を失ってしまったのだ。

話しているうちに、ジュディスはアレクサンダー・フェアチャイルドが予想外に包容力のある男性だということを知った。だが、できれば軽薄で不誠実で、あこがれる価値のない男であってほしかった。それなら軽蔑《けいべつ》できるから、熱も冷めるだろうと思ったのだ。

　だが、実際に軽蔑するようになるのはもっとずっとあとになってからだった。

　一時間がたった。サイモンを捜しに行ったアレクサンダーは、深刻そうな顔をして戻ってくると、いきなりジュディスをダンスに誘った。

　信じられないなりゆきに、嬉《うれ》しさが込み上げてきた。ダンスなら、彼に触れても誰にも責められなくてすむ。それに、そばにこれだけ大勢の人がいれば、安心だろう。

　ところが、アレクサンダーはジュディスをまずテラスに、次に広い庭へと誘導していった。そして垣根の裏まで来るとダンスをやめ、ジュディスを見つめた。ジュディスも彼の目を見つめながら、怖さと興奮に襲われていた。そして、彼にキスされたとたん、ついに抑えていた欲望がいっきに噴き出し、情熱となってほとばしり出た。

　これほど激しく彼が欲しかったなんて……。ジュディスは欲望の奔流にただ身を任せた。まもなく彼はジュディスを芝生に押し倒し、ドレスに手を伸ばした。目を固く閉じて、ジュディスはあえいだ。

　ふたりがまさに一線を越えてしまいそうになったとき、サイモンの冷たく透きとおった声がした。とたんにジュディスの体は凍りついた。

「この浮気な嘘《うそ》つき女め！」

　アレクサンダーはあわてて立ち上がり、ジュディスのドレスの裾《すそ》を下ろしてから、驚くべき速さで自分の服も整えた。ジュディスは芝生に横たわったまま、恥ずかしさに打ちのめされていた。なぜこんなことをしてしまったのかしら？

　サイモンは、ジュディスからアレクサンダーへ視線を移すと、怒りに燃えた目でにらみつけ、いきなり殴りかかった。だが、簡単に肘でさえぎられてしまい、サイモンはよろめいた。頬が紅潮し、目が血走っていた。ずいぶん酔っているようだった。

ジュディスはようやく立ち上がった。

「やめて、サイモン、私が……ごめんなさい」

そのとき、サイモンがジュディスの頬を殴った。

倒れかけた彼女をアレクサンダーが抱き止める。

アレクサンダーはサイモンに向き直った。「もう一度彼女に触れてみろ、おまえを殺してやる」

「彼女はおまえにくれてやるよ」サイモンは嘲笑まじりにそう言い返した。

そしてそのままよろよろと芝生を抜けて、青いアストン・マーチンに乗り込むと、砂利をはねとばしながら轟音《ごうおん》とともに走り去った。

ジュディスとアレクサンダーが口を開く前に、車の激突する音がして、遠くに火の手が上がった。

サイモンの家族も友人たちも、なぜサイモンがそんな無謀なことをしたのか知るよしもなかった。ジュディスの頼みで、アレクサンダーが口を閉ざしたからだ。

そこへアレクサンダーの父親の具合がよくないという知らせが届き、彼はサイモンの葬式の前に去っていった。ジュディスにはかえってそのほうがよかった。サイモンの墓石の横に彼と並んで立つ気にだけはなれなかったからだ。

サイモンの葬儀が終わるころには、ジュディスの罪の意識は耐えがたいほどになっていた。これを乗り越えるには長い時間がかかるだろう、と思った。けれど慰めがひとつだけあった。あんな形で親友を裏切ることになったにしろ、アレクサンダー・フェアチャイルドは私を愛してくれているのだ、と。

二日ほどしたら迎えに来るという約束を、ジュディスは心待ちにした。これでこの家の惨事からも、ふたりの罪の現場からも逃れられる、と思いながら。

ところが、やってきたのはアレクサンダーではなくて、妹のカレンのほうだった。

表のベランダで来客が待っていると告げられたとき、ジュディスは自室で横になっていた。

階下のベランダにいた美しい黒髪の少女を見て、ジュディスは誰かしらと思った。よく見ると泣いていた。

「ミス・ジュディス・アンダーソンですか？」

「ええ」

少女は黒いバッグからくしゃくしゃのハンカチを出して、鼻をかんだ。目元に落ちた髪をいらだたしげにかき上げる。ジュディスはそのしぐさを見てどこか見覚えがあると思った。が、はっきりとは思い出せなかった。

「本当にごめんなさい」少女はこらえきれなくなったように、また涙をあふれさせた。

ジュディスは少女の腕を取って、壁際のソファに案内した。「座りましょう。何を謝っているのか教えてくれないかしら？　それと、あなたの名前も」

涙のにじんだ顔を上げて、少女は茶色の目を大きくした。「すみません、忘れていました。私、カレン・フェアチャイルドといいます。アレクサンダーの妹なんです」

確かに似ているわ、とジュディスは思った。額も髪も……。髪がすぐに目元に落ちるところまで。

「こうなるとわかっていたら、兄には話しませんでした！」カレンは出し抜けに言った。「でも、あまりにしつこく結婚式に誘うものだから」カレンはそう言うと、また両手に顔を埋《うず》めてひとしきり泣いた。

ジュディスは頭の中が混乱していた。この少女は何を言い出すつもりなのかしら？

「お兄さんに何を言ったの？」ジュディスは答えを聞くのが恐ろしかった。

少女は泣くのをやめて、じっとジュディスを見つめた。「サイモンを愛していらっしゃったあなたには言いにくいことなんですけど、私もサイモンを愛していました。だから、もし兄のせいでサイモンが死んだとしたら、兄を許せません。兄は帰ってきても何も話しません。でも、私にはわかるんです、兄が何かしたんだって」

ジュディスは突然立ち上がって、ベランダの端まで歩いていった。心臓がどきどきしていた。深呼吸をしてからカレンに向き直った。

「カレン、ひとつ教えてちょうだい。あなたはサイモンに恋をしてたの?」

カレンはうなずいた。

「そして、お兄さんはそれに気づいた……」

「それだけじゃなくて……」カレンは、こんな告白を始めたことを後悔するかのように動揺していた。

ジュディスはカレンが話し出すのを待った。何かいやな予感がした。

「イースターに、サイモンが農場に泊まりに来たんです。兄は農作業があったので、サイモンのお相手は私がずっとしていました。サイモンは悪くありません。私が自分から彼に体を差し出したんです。彼は、私を愛してくれたわけではなくて、ただ……わかってくれますよね。それでも、私はよかったんです。私は彼に夢中でしたから。そしてあさはかにも、初体験のときは妊娠しないと信じていて、彼にも大丈夫だと言ってしまったんです。妊娠に気づいたころには、彼はとっくに帰ってしまっていて、私の手紙にも返事をくれませんでした。それからまもなく、サイモンが結婚するという知らせが兄のもとに届いたんです……」

カレンは打ちのめされたような顔をしていたが、ジュディスは無言のままだった。

サイモンの不道徳な行為を聞かされてもショックは受けなかった。ただ次に聞かされるであろうことに対する恐怖がつのっていく。ジュディスの苦悩の表情を見て、カレンは立ち上がってそばに寄ると、同情するようにジュディスの手を取った。

「本当にすみません」カレンは小さな声で言った。「あなたを傷つけてしまうのはわかっていたんですけど、どうしてもわかっていただきたくて」

「先を続けて」ジュディスは手を引いて冷ややかに言った。

「私は中絶をしました。シドニーにいる叔母が、家族には内緒で力になってくれたんです。でも、家に戻ってから精神的にまいってしまって……。おふたりの結婚式の案内状が来たのはそんなときでした。兄は私を元気づけようと結婚式に誘ってくれました。もちろん、私は断りました。それなのに出発の前夜になってまたその話をするので、私はヒステリックになってつい本当のことを話してしまったんです。そのときの兄の顔は忘れられません。サイモンは悪くないと説明しようとしても、兄はわかってくれませんでした。兄には、忘れるとか許すとかいったことができないんです。兄が何か恐ろしいことをするんじゃないかと気が気ではありませんでした。どうなんでしょうか？ サイモンが死んだのは……」

ジュディスの顔から血の気が引いた。この告白が何を意味するかは明白だった。アレクサンダー・フェアチャイルドは復讐のために私を利用したのだ。直接手をくだしたわけではないけれど、サイモンを死にいたらしめた責任はアレクサンダー・フェアチャイルドにある。彼がサイモンをこらしめたかったのはわかるが、なんの罪もない私まで巻き込むなんて……。

罪もない？ 本当にそう言いきれるかしら？ 私は彼の誘惑に乗り、サイモンを裏切ろうとした。もちろん、死んだサイモンにも罪はあった。友人の年端のいかない妹を抱いたりしてはいけなかったのだ。

本当に罪がないのは、目の前に立っているせいぜい十七歳にしか見えないこの少女だけだ。これ以上カレンを傷つけてはならない。私の人生はすでに崩れ去ってしまったけれど、カレンはまだやり直しがきく。

「兄のせいでサイモンが死んだなんて、私の思い違いですよね？」

ジュディスは気をしっかり持つよう努めた。「カレン、大丈夫よ。サイモンが亡くなったのはアレックスのせいじゃないわ。サイモンは酔っているのに車を乗りまわそうとしたの。そして砂利にハンドルを取られて木に激突したのよ。アレックスは関係ないわ。ふたりはこの一週間ずっと一緒にいたから、サイモンはあなたとのことをアレックスにも納得がいくように説明したんじゃないかしら。だからお兄さんを責めないで。この話はこれっきりにしましょう、カレン。悪いけど失礼するわ。私も荷造りをして、今夜のシドニー行きの汽車に乗らなくてはならないの」

カレンの顔に安堵《あんど》の色が浮かぶのも見ないで、ジュディスは半分しか充電されていないロボットのようにふらふらと家の中へ引っ込んだ。二階の自室に戻り、アレクサンダー宛《あ》てに手紙を書いた。

〈サイモンを失った私たちが、幸せをつかむのは無理だとわかりました。もう二度と会いたくありません〉

だが、そんなことをしてもまったく無駄だったことに気づかされたのは、ずっとあとになってからだった。当時ジュディスは、それでカレンを守ってやれると思ったのだ。もちろんアレクサンダーはあとを追ってこなかった。手紙を書いたことで得られたものといえば、彼と出会って以来コントロール不能だった人生を、ふたたびコントロールできるようになったことだけだった。

手紙を投函《とうかん》したあと、ジュディスはその晩のシドニー行きの汽車に乗った。仕事をやめ、共同で借りていたフラットを解約し、最初に見つけた住み込みの看護婦の仕事を引き受けた。セントラル駅に着いてから三十六時間後、ジュディスはもうパスコール家に到着していた。

ジュディスは頭を振って現実に戻った。今回はピーターを抱く代わりに、つらい過去を思い出すことで、いくらか慰めを得られた。こうして過去を思い出しておけば、今夜アレクサンダー・フェアチャイルドに対して警戒を怠らないですむ。

私には、恐れるものは何もない。もし良心があるならば、不安に恐れおののくのはアレクサンダー・フェアチャイルドのほうだ。あの恥ずべき出来事をなかったことのように振る舞うのなら、彼がどうしようもないほど堕落した人間だということだ。

今夜、アレクサンダー・フェアチャイルドが私の顔を見たら驚くのは間違いない。人は自分の行いを忘れることは許されないのだ。私の顔を見れば、彼も思い出すだろう。ひとつかふたつ、きついことを言って、彼を苦しめることもできる。同時に、こちらはすっかり立ち直ってとびきり幸せな人生を歩もうとしていることを印象づけてやろう。

彼にそう信じ込ませるのは簡単ではないだろうけれど、絶対にそうしてみせる。

ピーターをベッドに戻し、ドレッサーからつづれ織りのイブニングバッグを取ろうとして振り返ると、何十もの黒いビーズのような目が、ジュディスの動きを見守っていた。そのまなざしは心を慰められるような温かいものではなく、ひどく心配げに見えた。とりわけピーターの目はそうだった。

「気をつけるわ」ジュディスは約束した。

そして意を決して部屋を出ると、階段へ向かった。

レイモンドはすでに玄関で待っていた。いらだちぎみなのは、ジュディスが数分遅れたからだろう。

階段を下りる彼女を見上げていたが、上着がひらりとはだけたのを見たとたん、ぎょっとした表情になった。

「このドレスではだめかしら?」ジュディスは玄関でレイモンドに尋ねた。

「えっ? ああ、いいよ……もちろん」レイモンドは顔をしかめながら、ジュディスをもう一度じっくりと見た。「とても……人目を引くドレスだね」

「ありがとう、レイモンド」ジュディスは冷ややかに答えながら、考え込むような顔をした彼を見て、心の中でため息をついた。今夜の格好はあまり気に入ってもらえなかったらしい。

でも、レイモンドを責めることはできない。確かに、普段のもの静かで従順な自分とは違っている。

急に申し訳ない気がして、ジュディスは甘えるように彼の腕を取り、頬に軽くキスをした。「そんな心配そうな顔をしないで。マーガレットともミスター・フェアチャイルドとも、うまくやるから」

レイモンドは少し緊張を解いて、彼女の手をぽんとたたいた。「それを聞いて安心したよ。彼とはだいじな商談中だから、支障があっては困るんだ」

だいじな商談ですって?

ジュディスはとまどってまばたきをした。レイモンドは父親から受け継いだ冷凍食品会社を経営していて、業績も順調だった。アレクサンダー・フェアチャイルドとのビジネスディナーを延期した代わりに、今夜のパーティに招待したと言っていたけれど、彼の農場と新鮮な野菜の購入契約を結ぶつもりなのかしら?

「大切な商談って何かしら?」ジュディスは尋ねた。

「彼から土地を買いたいんだ」レイモンドは玄関のドアを開けながら言った。「野菜の栽培と収穫も自社でやろうかと思ってるんだ。長期的に見れば、あちこちの農家から作物を購入するより、そのほうがずっと安上がりだからね」

「彼の農場を買うつもりなの？」

「何を言ってるんだい、ジュディス？」

「ああ、わかったわ。彼は農業をやめて、銀行員に戻ったのね？」

　今度はレイモンドがとまどう番だった。「彼は不動産業者だよ。リヴェライナと南海岸沿いに肥沃《ひよく》な土地をたくさん持っている」

「そんな……」

「おいおい、ジュディス」レイモンドは彼女にドアの外へ出るよううながした。「もうフェアチャイルドの話はよそう。まもなく八時だ。僕が遅刻が嫌いなのは知っているだろう？　もう車は玄関にまわしてある」

3

　外は寒かった。八月のシドニーは、まだ身を切られるように冷たい風の吹く日が多い。春の訪れはまだ一カ月ほど先だ。

　ジュディスは身震いしながら、レイモンドとともに玄関先のグレーのベンツへ足早に向かった。レイモンドのように、アレクサンダー・フェアチャイルドのことを簡単に頭から締め出せたらいいのに。だがこの七年間、ジュディスは彼を忘れようとして、結局忘れられないでいた。

　アレクサンダー・フェアチャイルド——アレックスとの再会。でも、彼はもう私の知っている彼ではない。遺産を相続したのでもないかぎり、たった七年間で、一介の農場経営者がやり手の不動産業者に転身できるはずがない。

あるいは遺産相続人と結婚したのでもないかぎり……。

アレックスが結婚しているなんて考えもしなかった。でも、彼ももう三十二歳だ。結婚していてもおかしくない。

ジュディスは、そのことをレイモンドに確かめたくてたまらなくなった。でも、そんなあからさまな質問をするわけにはいかない。なぜそんなことが気になるの？　彼を憎んでいるはずなのに。

レイモンドはいつもどおり、ひと言も口をきかずに運転している。〝集中したいんだよ〟一年ほど前、初めてデートをしたときに、彼はそう言った。だから、いつもジュディスはつまらないおしゃべりは控えるようにしていた。

普段はそれでのんびりできたが、今夜はあまりにも考える時間がありすぎた。あのときカレンから真実を聞かなかったら、私はどうしていただろう？　約束どおりに来てくれないアレックスを捜しまわったかしら？　そしてもし会えていたら、私から離れていった理由を彼はどう説明するつもりだったのだろう？　罪の意識、とでも？

たぶん、そうにちがいない。そして私はきっとその言葉を信じたのだ。

それともあの夜、サイモンにあとをつけられて現場を押さえられなかったら、何が起こっていただろう？　アレックスがサイモンを死に追いやろうと考えていなかったのは確かだ。たぶん親友だったはずの男に真相を確かめたくてやってきたのにちがいない。最初に会ったあの日、アレックスはサイモンの抱擁に神経をとがらせていた。

あのとき、アレックスが私の存在に気づいたのだ。あの場に突っ立って、口をぽかんと開けて彼に見とれている私に……。あそこで彼は即座に、直接対決から間接的な復讐《ふくしゅう》へと計画を変更したのだろう。サイモンの婚約者である私を誘惑して、カレンのように妊娠させてやろうと。サイモンの幸せを壊したい一心で、私の幸せがどうなろうと眼中になかったのだ。

　そして、アレックスの復讐劇は非情な結果に終わった。

　だが、あとになってから、アレックスはいくらか後悔しているように見えた。とくにサイモンの死には、まぎれもなく苦しんでいた。でも、すべては遅すぎた。サイモンにとっても、私にとっても……。

　アレックスのせいで苦しんできた過去を思い、ジュディスは胸が締めつけられた。ああ、やっぱり彼が憎い。かつて彼に抱いた激しい欲望と同じくらい彼が憎い。

「十分の遅刻だ」マーガレットの家の前の通りにベンツを乗り入れながら、レイモンドが言った。そこはハンターズヒルにある高級住宅街だった。

「それでもきっと私たちが一番乗りよ」ジュディスは言った。八時からのパーティというと、大半の客は九時ごろに現れる。

　車は古い瀟洒《しょうしゃ》な二階建ての家の前で止まった。ここはレイモンドがマーガレットに結婚祝いとして贈ったものだ。縁石にも車寄せにも車が一台も停《と》まっていないので、ふたりが最初の客だという予想はあたったらしい。

「ミスター・フェアチャイルドは、私があなたの婚約者だとは知らないんでしょう？」玄関への急階段を上りながら、ジュディスは尋ねた。

「話した覚えはないな。デスクにも君の写真を飾ってないし。そういう感傷的なことは僕の好みじゃないんだ」レイモンドはそう言って、ドアベルを鳴らした。

ドアが開くのを待ちながら、ジュディスはレイモンドの最後の言葉に眉を寄せた。男の人って、みんなレイモンドのように事務的で実用一辺倒なのかしら？

そんなことはないはずだ。サイモンはとても温かくて多感な人だった。そのことに気づいたからこそ、彼を愛したのだ。

ジュディスはとても情け深いたちで、他人の苦しみにはすぐに同情を覚える。それが看護婦になりたいと思ったそもそもの理由だった。ただ不幸にして、ときどき情をかけすぎることがあった。

看護婦としての訓練を受けたあと、しばらくエイズ病棟で働いていた。ところが心労が重なって、とうとう一般病棟への移動を申請しなければならなくなった。患者の苦しみや絶望感に心を痛めすぎたのだ。

年月とともに、ジュディスは感情を制御する方法を覚えた。もっとも、それは人前での話で、ひとりになると感受性の強さは相変わらずだった。悲しい映画を見ては泣き、母親や姉からの手紙を読んでは泣き、捨てられたり虐待されたりした動物の写真を新聞で見ては泣いた。とはいえ普段は涙をこらえるために、人間ではなくぬいぐるみの友に慰めてもらっていた。

もしレイモンドの前で泣きじゃくったりしたら、彼はきっととまどうだろう。やっぱり結婚しても寝室は別々にしてもらおう。少なくともピーターの前でなら心おきなく泣ける。

「頼むからフェアチャイルドのことを気にするのはやめてくれ」レイモンドに出し抜けに言われて、ジュディスは我に返った。「彼は来るかどうかもわからないんだ。近ごろ、みんながパーティをどう考えているか、君も知っているだろう？」

一瞬、心が躍った。アレックスと顔を合わせずにすむかもしれない。だが、なぜかそうはならない予感がした。

「彼は来るわ」ジュディスはつぶやいた。

レイモンドが鋭い視線を向ける。「彼とはうまくやると約束したはずだよ」

ジュディスはため息をついた。「ええ、わかってるわ。でも、また彼に会えて嬉《うれ》しくてたまらないという顔をするつもりはないわ」

「商談に支障をきたすような言動をつつしんでくればいいんだ」

ジュディスは黙り込んだ。レイモンドは私の感情をまるで無視している。彼が私をどう位置づけているかこれでよくわかった。結婚したら、私より仕事のほうがいつも優先されるのだ。

そのとき、玄関のドアが開き、つまらない考えはどこかへ吹き飛んだ。出てきたのは、安っぽいがハンサムな、マーガレットの夫だった。黒いシルクのディナースーツを着たマリオはたいそう人目を引く。だが、大げさに感情を表す態度はもちろんのこと、後ろに撫《な》でつけたてかてかの髪と、やや女性的な顔だちに、ジュディスはそこはかとない嫌悪感を覚えた。

「レイ！　ジュディ！　やっと現れたか。マージが喜ぶよ」ラテン訛《なまり》は魅力的だが、人をニックネームで呼ぶのにはうんざりだ。「大幅に遅刻するのは主賓にあるまじきことじゃないか？」

マリオはあれこれしゃべりながら、ふたりを家の中へ招き入れた。暖房がきいていて少し蒸し暑い。ジュディスは額に汗がにじんできたので、バッグからティッシュを出して汗を押さえた。

「さあ、ジュディ」後ろにまわってマリオが言う。「上着を脱がせてあげよう。暑そうだよ」

みごとな手さばきで、あっというまにマリオは上着を脱がしてしまった。ジュディスが振り返ると、案の定、マリオがいやらしい目つきで彼女の胸元をのぞき込んでいる。ジュディスは頬を染め、レイモンドの腕を取って左手にあるホールにさっさと入ろうとした。そのとき、ラベンダー色のシフォンのドレスを着たマーガレットが、階段を下りてきた。

彼女は、かわいそうなほど魅力がなかった。

マーガレットは兄とよく似ているが、レイモンドが背が高く細身と言えるのに対し、彼女はやせぎすとしか言いようがない。面長の顔と大きな鼻も、レイモンドの場合は気品を感じさせるのに、彼女の場合は馬面にしか見えない。への字をした意地悪そうな口元も、魅力的とは言いがたかった。

「遅刻するなんてひどいじゃない」マーガレットは兄の頬に軽くキスしてから、冷ややかな目でちらりとジュディスを見た。「あらまあ、今夜はずいぶん大胆なドレスを着てるのね」

「彼女はスタイルがいいから似合うんだよ」レイモンドが弁護してくれたので、ジュディスは驚いた。マーガレットが意地悪なことを言っても、今まで聞こえないふりをしていたのに。ジュディスはレイモンドに感謝の笑みを送ったが、彼はにこりともしなかった。ただ眉をひそめ、彼女の胸の谷間をにらみつけている。

そのとき背後でドアベルが鳴り、ジュディスはどきりとした。だが、入ってきたのはアレックスではなく、彼女の知らないふたり連れだった。それからの一時間にやってきた客も、ひとりきりでやってきたレイモンドの秘書のジョイスを除いて、ジュディスの知らない人ばかりだった。ジョイスは四十代前半の未亡人で、感じのいい、でもあまり美人とは言えない女性だ。彼女はもう長いあいだ、レイモンドの下で献身的に働いていた。

ジュディスは次々に到着する客に紹介された。初めて会うレイモンドの遠い親戚《しんせき》や、彼の仕事仲間とその妻たち、さらにはマーガレットとマリオとつき合いのある社交界の洗練されたカップルもいた。

誰もがジュディスを上から下までなめるように見た。レイモンドの花嫁にはふさわしくないと思っているんだわ、とジュディスは思った。彼には若すぎるし、けばけばしすぎる、彼らの目はそう言っているようだった。

だが、どう思われようとジュディスには気にしている余裕はなかった。大理石の暖炉の脇《わき》でレイモンドと並び、作り笑いを浮かべてシャンパンのグラスを傾けていても、神経はすべて玄関ホールに続く扉に注がれていた。アレックスの到着を恐れながらも、待ちわびている。

何か恐ろしいことが起きるのを、ただ待っているなんて最低だわ。さっさとすませたほうがずっとましよ。

それでも、アレックスは現れなかった。九時を過ぎると、紹介される相手もいなくなり、パーティはいよいよたけなわに入った。シャンパンのグラスやカナッペのトレイがあちらこちらで行き交い、音楽もダンス用の曲に変わった。

静けさを好む客は椅子やソファに腰を落ち着け、気持の若いものは広い娯楽室に移動して、磨き込まれた床でダンスを始めた。レイモンドとジュディスは、マーガレットとジョイスと一緒にラウンジの隅に落ち着いた。マリオはいつものように、女性とのダンスやおしゃべりに夢中になっている。

アレックスが来ないので、私はほっとしているのかしら？――ジュディスには自分の気持がわからなかった。でも彼との再会を想像すると胸が締めつけられるように痛む。

最後の客が到着して少なくとも十五分はたったころ、またドアベルが鳴った。ジュディスはふいにめまいを感じた。彼よ。間違いないわ。

「きっと迷子になったミスター・フェアチャイルドだよ」レイモンドが耳元でささやく。

応対に出たマーガレットを、身を硬くして待っているあいだ、ジュディスはジョイスの視線を感じていた。どうしてレイモンドの秘書にずっと見られているのかしら？　そんなに顔が青ざめている？　それとも、体がこわばっているのがわかるのかしら？　神さま、どうか彼に対して昔と同じ気持を抱きませんように……。ジュディスはそう祈りながら待った。

半分ほどになったグラスのシャンパンをぼんやり眺めていると、レイモンドがふいに立ち上がった。

「アレクサンダー！」レイモンドは心から歓迎するような声をあげた。「やっと来てくれたね。来ないのかと思いはじめていたところだよ」

「どうしても断れないビジネスディナーがあったものですから」アレックスは深みのある低い声で答えた。「これでも、できるだけ早く抜け出してきたんです」

その声を聞いたとたん、ジュディスの体に震えが走った。なんて男らしい声なの。これこそ大人の声よ。すこしも変わってないわ。

ジュディスはゆっくりと視線を上げて、長身のアレックスを見た。ベージュのウールのスーツに黒いクルーネックのセーターを着た彼は、カジュアルでありながら上品だった。だが、彼の顔を見たジュディスは、その変貌《へんぼう》ぶりに息をのんだ。

アレックスの顔には、歳月によって過酷なまでに厳しさが加わり、三十二歳という年齢がそこかしこににじみ出ていた。長くウエーブがかかっていた黒髪は短くなり、サイドがきっちり後ろへ撫でつけられている。肌は褐色に日焼けしており、目元と口元には皺《しわ》が刻まれていた。こめかみのあたりには白髪も混じっている。とはいえ、いかにもタフそうで、ジュディスがずっと思っていたとおりの〝非情な男〟という印象をそなえていた。

彼はその厳しいまなざしをジュディスに向けた瞬間、唖然《あぜん》として言った。「ジュディス?」その声はショックでかすれていた。

ジュディスは無言のまま彼を見つめた。何も変わっていないわ、と心につぶやく。

「ジュディスをご存知なの?」マーガレットが驚いたように細い眉を上げた。

「ミスター・フェアチャイルドはジュディスの古い友人なんだよ」レイモンドが助け船を出した。「ふたりはもう何年も会っていなくてね。私の婚約者が昔の知り合いだと知って、ちょっと驚いただろうね。さっき君の名前を口にしたら、ジュディスもびっくりしていたよ。そうだろう、ダーリン?」

「ええ、そのとおりよ」ジュディスは自分でも驚くほど冷静に答えた。思っていたよりずっとうまく切り抜けられそうな気がする。「久しぶりね、アレックス」笑みを浮かべながら、落ち着いた声で言った。「とてもお元気そう。不動産の仕事をしているそうね」

「ああ」

自分よりはるかに動揺しているアレックスの顔を見て、ジュディスはいくらか満足感を覚えた。

「ジュディスとはどんなお知り合い?」マーガレットがしつこく尋ねる。「まさか、長いあいだ離れ離れになってた恋人どうしじゃないでしょうね。兄の婚約者を土壇場になって奪いに来たなんて言わないでちょうだいよ」マーガレットは乾いた声で笑った。

ジュディスはこのいやみにうんざりした。私たちのあいだに愛なんてなかったわ。私のほうにさえなかった。今になってそれがよくわかる。アレックスに対する気持は今も七年前も同じだ。ただの欲望というだけで、愛なんかじゃない。アレックスを見ただけで身動きできなくなるのは、彼だけが引き起こすことのできる体の反応を期待しているからだ。でも、心は彼を拒んでいる。なんて矛盾しているのかしら。

「まさか」アレックスが答えた。「ジュディスは昔、僕の親友と婚約していたんです」

「まあ、本当に？」マーガレットはその話に夢中になった。「ジュディスが婚約してたなんて初耳ね。あなたは知ってたの、レイモンド？」

「ああ、もちろんだよ」レイモンドも、このときばかりは妹をいらだたしげに見た。「ジュディスはそのことに触れたがらないんだ。その婚約者は気の毒なことに、結婚式の二日前に自動車事故で亡くなったそうだ」

　マーガレットとジョイスが同情の言葉をつぶやく。ジュディスは冷静さを失わないように必死だった。アレックスがせせら笑うような目で見ていたからだ。まるで過去に罪を犯したのは、自分ではなくて彼女だと言わんばかりに。その態度に動揺したジュディスは、腹立たしげに彼をにらみ返した。

　アレックスは冷ややかに目を大きく見開いた。やがてそれを細めて、ジュディスの大胆なドレスを眺めはじめた。

　するとマリオが五人の中に割り込んできたので、ジュディスはほっと胸を撫で下ろした。

「さあ、次に僕とダンスしてくれるのは誰だい？」マリオが尋ねる。「マージ？　ジョイス？　だめなの？　君はどうかな、ジュディス？」

　ジュディスが承知すると、マリオは驚いた顔をした。だが、彼女がソファから立ち上がると、たちまち目を見開いて彼女の胸元に見とれた。ジュディスはアレックスのほうは見ないようにして、マリオと手を取り合って数組のカップルが踊っている隣の部屋に入っていった。

当然のことながら、マリオはダンスがうまかった。ルドルフ・ヴァレンティノにも負けないくらいだ。女性を誘惑する機会は絶対に逃さない、という強迫観念に取りつかれているとしか思えないほどだった。だから今までは、マリオとは絶対にふたりきりにならないようにしてきたのだ。

「ねえ、ジュディ、君はどうしてあんな年寄りと結婚するの？」ジュディスをくるりとターンさせながら、マリオが耳元でささいた。「やっぱり、金のため？　結婚してから愛人をつくるつもり？」

もしぎゅっと手をつかまれていなければ、そしてこの場を離れたらもっといやなことが待っているのでなければ、ジュディスはマリオから離れていただろう。ジュディスはターンのたびに隣の部屋にいるアレックスに目をやった。彼はよりによってマーガレットと話し込んでいる。レイモンドとジョイスの姿は見えなかった。

「私がレイモンドと結婚するのはお金のためじゃないわ」ジュディスはきっぱりと否定した。

「君は彼を愛していない」

ジュディスは視線を上げて、マリオのぎらぎらした目を見つめた。「なぜそんなことを言うの？」

「君が彼を見る目つきは、恋する女のものじゃない」

「世の中にはいろいろな形の愛があるのよ」

「君のように若く美しい女性にとってはひとつだ」

「人生にはセックスより大切なものがあるのよ」

マリオは頭をのけぞらせて笑った。「そんなもの、僕の年齢の男には関係ないね」

「ところで、あなたは何歳なの、マリオ？」

「これはまた個人的な質問だね、ジュディ！　僕にとって四十はまだずっと先のことさ。だからレイモンドとはずいぶん離れてるよ」

「レイモンドだって、まだ四十七歳よ」

「彼の行動を見てると七十七歳ぐらいに見えるな」

「私はレイモンドのそういうところが好きなの」

マリオは顔をしかめた。「それはまた、ずいぶん変わったお嬢さんだね、君は。でもとても美しい」

マリオにぴったりと引き寄せられ、ジュディスは一瞬息がつまった。ダンスはもうおしまいにしよう。そう思ったとき、マリオの向こうからアレックスが近づいてくるのが見えた。石のように無表情な顔をしている。冷ややかな目でジュディスを見ながら、マリオの肩をたたいた。「代わってくれ」

マリオは驚いて目をぱちくりさせたが、すぐに肩をすくめて、ほかの相手を探しに行った。アレックスは、驚いているジュディスを抱き寄せた。

そのとき突然、まるでアレックスが命じたかのように、音楽が恋人たちにふさわしいスローな曲に変わった。ジュディスを抱き寄せたまま、音楽に合わせて体を揺らしはじめる。とまどいのあまり、ジュディスは声をもらしそうになった。

心臓がどきどきしはじめ、体じゅうを熱い血が駆けめぐる。むき出しの腕には鳥肌が立ち、胸が張りつめる。彼の引き締まった胸に触れて、ジュディスは痛みと同時に快感を覚えた。

みだらな興奮が体を走り抜けたとき、ジュディスははっきりと悟った。アレックスが望めば、また七年前と同じことが起きるだろう。ショックだった。今この瞬間にも、彼は私をどこかへ連れ去り、我を忘れるほど夢中にさせることができるのだ。

そんな自分の弱さが恥ずかしかった。彼が憎い。でも、彼が欲しい。今すぐ自制心も良心もかなぐり捨てて、情熱に身を任せてしまいたい。

どうかこのままずっと平静を装っていられますように……。でも、ただ会話を交わすのと、彼の腕に抱かれてダンスをするのとでは、大違いだわ！

4

「ジュディス、本当に久しぶりだね」ゆっくりとターンしながら、アレックスはささやいた。

「七年ぶりよ」冷たく答えながらも、ジュディスはとにかく体が触れ合わないようにと必死だった。

だが、アレックスは力が強く、距離を保つのは不可能だった。彼はまるで、ふたりの間にちょっとした隙間《すきま》も作らないようにしようと決めているかのようだ。

「君はちっとも年を取っていないね」ジュディスをほめながら、アレックスは彼女のウエストに腕をまわして、自分の体に押しつけた。

「ありがとう」冷静さだけは失わないようにしようと、ジュディスは自分に言い聞かせた。

だが、これも失敗だった。体はすでにとろけそうになっていた。全身のやわらかくてまるみを帯びた部分が、対照的にたくましい部分を探りあてようとしている。胸と胸、腹部と腹部、腿と腿が重なり合う。ジュディスはその感覚にぞくぞくしたが、同時にぞっとするほどの寒気も感じた。

ああ、神さま、助けて……。

「それで、この七年間、何をしていたんだ？」

「看護婦よ」ジュディスはそっけなく答えた。

「本当に？　ずっと？　どこで？」

「なぜそんなことが知りたいの、アレックス？」

「好奇心からかな。七年前、僕はずいぶん君を捜した。でも、見つけられなくて」

ジュディスは驚いてダンスの足を止め、思わず彼の顔を見た。「私を捜した、ですって？」

「悲しみのさなかに書かれた、たった一通の感傷的な短い手紙だけで、僕が君をあきらめると思ったのか？」

「でも私は……」

「なんだい？　僕に捜してもらいたくはなかった？　僕もばかじゃないから、ようやくわかってきたぞ。どうやら君は、僕ほど真剣な気持じゃなかったようだね」

　アレックスがダンスを再開したが、ジュディスは身も心も麻痺《まひ》していた。アレックスが私を捜したですって？　復讐《ふくしゅう》が目的ではなかったの？　本気で私を愛していたというの？　まさか、そんな……。

「だけど、もうそんなことはどうでもいい」アレックスはぞっとするほど冷淡な口調で言った。「どんな傷も時が癒《いや》してくれる。僕はもう君を愛していない。あれから、僕の人生にはたくさんの女性が現れたからね。でも、今夜、君と再会して好奇心がわいたよ。さっきレイモンドの妹から聞いたんだけど、君は亡くなった彼らの母親の看護婦をしていたんだってね。その前はどこで働いていたんだ？　シドニーじゅうの病院を調べたけど、君はいなかった」

「私……あのあと、まっすぐこのパスコール家に来たの」ジュディスの頭の中では、先ほど彼の言ったことが駆けめぐっていた。彼は本当に私を捜したんだわ。私を愛していて……。でも、もう愛していない。あれからほかの女性がたくさん現れて……。

「ずっと同じ家にいたと言うのか？」信じられないというような声でアレックスが尋ねた。

「えっ？　ええ、そうよ。七年間、変形性関節症のミセス・パスコールの看護をしていたの。数カ月ほど前に亡くなられたけど」

「それで君は看護婦を辞めて、未来のミセス・レイモンド・パスコールになることにしたんだな」

「変な言い方はしないで」

　ミセス・パスコールが亡くなるころには、ジュデイスは精も根もつき果てていた。死が間近に迫った患者を看護するのは、二十四時間気の抜けない仕事だ。葬儀のあとでレイモンドが、このまましばらくここで休養してはどうかと言ってくれたとき、ジュディスは喜んでその言葉に従った。彼から最初にプロポーズされたのは、その休養中のことだった……。

「僕には君が思っている以上のことがわかるんだ」アレックスは冷ややかに言った。「レイモンドの妹に、君がミセス・パスコールから遺産をもらったことも聞いたよ。彼女は君に対する軽蔑《けいべつ》を口にしたわけじゃないけど、そんな口ぶりに聞こえたな。良心などひとかけらもない美人の看護婦が、年老いて弱くなった患者に取り入って金品を巻き上げようとするときは、言葉にできないようなことをするものだってね」

ジュディスはひどく傷ついた。マーガレットの嫉《しっ》妬《と》には終わりがないのだろうか？

「ミセス・パスコールに気に入られたのが、私の間違いだっていうの？ それに金額だって大きくないわ。ミセス・パスコールの莫大《ばくだい》な遺産の額を考えればね。マーガレットは何百万ドルも相続したのよ。私、どうしてそんな悪意に満ちたことを言われなくちゃならないの？」

「わからないのかい？ 君の目は節穴なんだな。でも、金の件では君と同感だよ。五万ドルといえばちょっとした大金だけど、七年間の重労働の報酬としてはそれほどじゃない。しかも、あのひねくれ者のマーガレットに我慢しなければならないことを考えたらね。それより、ミセス・レイモンド・パスコールになる努力をしたほうがずっと楽だ。もっと短期間で、ずっと大きな報酬が得られる。レイモンドは申し分のない結婚相手だよ、経済的にはね。でも、君には少し年上すぎやしないか？」

ジュディスは愕然《がくぜん》とした。アレックスのものやわらかな話しぶりの裏には、私へのあてこすりが隠されている。彼はマリオと同じように、私がお金目当てでレイモンドと結婚すると思っているのだ。激しい憤りを感じながらも、今は分別をなくしてはだめ、とジュディスは自らに言い聞かせた。

アレックスがもう私を愛していないと言ったのは、本当のことなんだわ。愛してくれたことがあったとしての話だけれど！ 昔は愛していたなどと言ったのは、きっと七年前の行為を正当化するためよ。私を捜したのだって、どれほど真剣だったかあやしいものだわ。

確かに欲望はあったかもしれないけれど、アレックスは昔も私を愛していなかったんだわ。私を捜したのは、あの悲劇の起きた夜にやり残したことをやり遂げたいと思ったからなんだわ。でも、別の女性が現れたので、私のことなど忘れてしまったのよ。

アレックスのような男と比べれば、レイモンドは十倍も価値がある。レイモンドはあんなに残酷ではない。それに人を傷つけたりしないし、移り気でもない！ いい人でやさしくて、岩のように強くて、しっかりしている。私が人生に求めているのは、そういう頼りがいのあるものなのだ。

「レイモンドが年上すぎるなんて思わないわ」ジュディスは冷たく否定した。「それと、お金目当ての結婚だと言いたいようだけど、そんな侮辱は許さないわよ！」

「でも、彼を愛してるとは言わないだろう？」

アレックスの声ににじむあざけりに気づいたとたん、彼に対する欲望が水を浴びせられたように消えていくのをジュディスは感じた。

「私は愛してもいない男性と結婚したりしないわ」

「おや、そうかな？」

今度のあてこすりもジュディスは聞き逃さなかった。「ええ、そうよ。私はサイモンも愛していたわ。

幸せな結婚の基礎になるような、尽きることのない愛でね。あなたへの感情は、一時的で愚かな情熱にすぎなかったのよ。今になってそれがよくわかるわ。私を愛していたとか、私を捜しても見つからなかったとか、そんなこと言ってもだめよ、アレックス。本気で捜していれば、きっと見つかったはずよ」

ジュディスは先を続けようと口を開きかけた。知っているのよ、あの夜あなたがサイモンの家にやってきたのは、復讐のためだったって。だから、自分から仕掛けた卑劣な行為で思わぬ欲望にとらわれたのなら、いい気味よ！

だが、カレンをかばおうと決意したことを思い出して、ジュディスは口を閉ざした。

「サイモンのことで、君の知らないことがあるんだ」アレックスが言った。「彼は女性に愛される資格のない男だったんだよ」

今さらサイモンの名を汚そうとするなんて許せない。「さあ、それはどうかしら。私たちの間には隠し事なんてなかったわ」ジュディスはカレンをかばいながらも、その件は知っているとほのめかそうと、作り話をした。「私には何もかも話してくれたから」

「この話はしてないと思うよ。もし聞いていたら、君が彼を許すはずがない」

「あなたが何を指して言っているのか、わかっているつもりよ。でも、それは許すかどうかの問題じゃなくて、理解できるかどうかの問題よ。セックスに関するかぎり、サイモンの罪はほかの男性と同じだもの。男性は魅力的な女性に身を差し出されたら、欲望を抑えるのはむずかしいんでしょう？」

アレックスは軽蔑に満ちた笑い声をあげた。「彼女は身を差し出したわけじゃない！　サイモンが追いまわしたのさ。これと思った女にいつもそうするようにね。相手の気持などおかまいなしだ。それにしても、君が知っていたとはね！　サイモンがどんな男か知りながら、それでも結婚するつもりでいたなんて信じられないよ」

「それ、どういう意味かしら？」

「やつは自分しか愛せない恥知らずだってことさ」

「あなたはそう思いたいでしょうね。そうしたら私を誘惑した自分の行為を正当化できるもの」

「君の言うことに一理あるのは否定しない。サイモンの下劣な行為は、僕が君のためを思ってやったことを正当化すると思っていた。君があんな男と結婚するのを見たくなかったんだ。君が彼の本性を知りながら、あのふしだらな性格に目をつぶろうとしていたなんて、僕は気づきもしなかった」

「ちょっと待って、アレックス。ふしだらだなんて少し言いすぎじゃない？」

アレックスはダンスをやめてジュディスをじっと見つめた。「驚くほうがおかしいのかな。セックスのこととなると、近ごろはなんでも許されるからね。でもあのころの君はすごく純真そうに見えた。とんだ勘違いをしたものだな」

アレックスはジュディスをぐいと引き寄せて、ふたたびダンスを始めた。

「教えてくれないか、ジュディス」またあざけるような口調になっていた。「もしあの晩、サイモンに横槍《よこやり》を入れられなかったらどうなってたかな？　やっぱり結婚するつもりだったのか？　僕に新郎の付き添いをさせておきながら、僕との関係も続けていた？　それとも、一度だけのつもりだった？　サイモンが君ほど理解のある人間じゃなかったのは残念だったね。あいつは君の浮気はこれっぽっちも許さなかったろうから！」

ジュディスはアレックスの腕を振りほどいた。しばらく口がきけなかったが、ようやく怒りをぶつけようとしたとき、マーガレットがひょろ長い首をいっぱいに伸ばして、遠くからこちらを見ているのに気がついた。ありがたいことに、踊っているほかのカップルが邪魔になって、よくは見えないらしい。

「好きなように考えればいいわ」ジュディスはそっけなく言うと、両手を正しい位置に戻し、アレックスにダンスを再開するよううながした。

「ああ、そうさせてもらうよ」穏やかだが脅しのきいた声でアレックスは言った。「なにしろ、七年ぶりに再会したら、君はまた金持の男と結婚しようとしているんだからね。君が彼に情熱のかけらも感じていないのは、わかっているんだ」

ジュディスは信じがたいという目でアレックスを見た。「なぜそんなことが言えるの？　何も知らないくせに」

「いや、知っているとも」アレックスはあざけりを込めて言った。「この惨めなダンスを始めて一分もたたないうちに、君はまた僕を求めているじゃないか」

恥ずかしさと怒りが同時に込み上げてきて、ジュディスは真っ赤になった。アレックスの言葉を否定できない。確かに彼が欲しかったのだから。

「もっとも、欲望を抱いているのは君だけじゃないと思うけどね」彼はさりげなく軽蔑をまじえて言った。「君はさっき、あの女たらしに体を触らせていたね。あの男は義理の弟になるんだろう？　ずいぶん便利じゃないか。君がミセス・レイモンド・パスコールになったら、あの男は君の退屈な性生活に張りを与えてやろうと思っているようだな」

ジュディスは耳を疑った。「もうこれ以上聞きたくないわ」そう言って立ち去ろうとした。

だが、アレックスに二の腕をつかまれ、彼の腕の中に引き戻された。

「いや、聞くんだ」アレックスは陰気に笑い、陽気に踊る人々の中にジュディスを引き入れた。

体をぴったりと寄せると、彼だけが引き起こせる激しい興奮が、ジュディスの体にふたたびよみがえった。

「僕は七年間いろいろ考えた。そしてようやくわかったよ、サイモンの葬儀のあとで君がよこした、あの悲しい手紙に隠された理由がね。罪悪感のせいで僕から離れていったというのは言い訳だ。君は僕が貧乏だったから離れていったんだろう？」

　ジュディスはうめき声をあげた。状況はどんどん悪いほうに向かっている。

「でも、今の僕には財産がある」アレックスはジュディスの耳元でささやいた。「君がほかの男のベッドにいるかもしれないと思うと、つらくてたまらないこともあった。でもそんな苦しみは遠い過去の話だ。今夜君がレイモンドのベッドにいるところを想像すると、僕は心から喜びを感じる。理由はわかるだろう？　僕のベッドにいるほうが、君はずっと楽しいだろうからね」

　アレックスはジュディスを薄暗い部屋の隅へ誘うと、ダンスというより、火ぶくれを起こしそうなほど熱い官能的な動きで体を揺らした。

　彼のてのひらは火傷《やけど》しそうに熱く、吐く息もジュディスの髪を焦がさんばかりだ。体も熱を帯びて張りつめている。

　つかのま、ジュディスは怒りを忘れた。アレックスの嘲笑《ちょうしょう》も筋違いの侮辱も、彼に対する矛盾した情熱にはかなわなかった。その情熱に心臓は激しく高鳴り、しびれきった手足は末端まで熱くなって、怒りはあとかたもなく消えている。ジュディスは彼にしがみついて、今まで以上に彼を求めた。

「もちろん事態を修復する方法はあるんだよ、ジュディス」アレックスはやさしい声で言った。情熱を秘めたてのひらが背中を撫《な》で上げ、ドレスと肌の境目まで迫った。「今すぐレイモンドに結婚する気がなくなったと言いに行くんだ。そして僕と結婚することにしたと言うんだ。君に損はさせない、ベッドのことでも金のことでも。レイモンドは確かに金があるけど、僕にはもっと金がある」

　そのあと、濡《ぬ》れた唇でジュディスの耳の上をそっと愛撫《あいぶ》するようにささやいた。

「それに、僕たちの体は昔、音楽を奏でたじゃないか。あの夜、僕が君にキスをするとシンバルが鳴り、触れるとバイオリンが歌った。僕たちが愛し合えば、きっとドラムの音がいつまでも夜の闇《やみ》にこだまするだろう」

　ジュディスは、アレックスが紡ぎ出すあやしげな蜘蛛《くも》の巣に引き寄せられていく自分を、どうにもできなかった。彼の言葉は蜘蛛の糸で、体にまわされた腕は破滅への案内状だ。ジュディスは唇を開いて彼の名をささやきながら、すべてあなたの言いなりになるわ、と言おうとした。そのとき、ふいに彼が背筋を伸ばし、興奮に打ち震えるジュディスから体を離した。そして事務的な冷たい口調で言った。

「さあ、どうする？　ミセス・アレクサンダー・フェアチャイルドになるか？」

　ジュディスは目をまるくしてアレックスを見つめた。冷ややかな黒い瞳は、残酷なほど無情な色を浮かべている。ジュディスは自己嫌悪に陥り、体を震わせながら心につぶやいた――危ないところだった。

「あなた、どうかしてるわ」彼女の声はかすれていた。

　だが、それはジュディス自身にも言えることだった。心のどこかにみだらな思いがあって、イエスと返事をしたがっている。プライドも自尊心もかなぐり捨てれば、彼のベッドに行くことができる。たとえ一夜だけでも……。

「そんなことはない」アレックスは肩をすくめた。「近ごろは、良心にでしゃばらないようにしてもらっているだけだ。欲しいものは正々堂々と求め、たいていは手に入れている。人の話をうのみにせず、巧妙な嘘《うそ》をつく人間の言うことには耳を貸さず、事実にしゃべらせるようにしている。君の場合、事実は、君が抜け目のない巧妙な財産目当ての女だと言っている。それでも僕は君が欲しい。もちろん愛してなんかいないけど、君が今までプロポーズを受けたときも、愛なんて関係なかっただろう？」

「よくもそんなことが言えるわね」

「それはノーということ？　残念だな。君が問題を複雑にしないことを願っていたのに。どうせ君は僕のものになるんだから」

「出ていって」ジュディスはあえいだ。心臓が狂ったように打っている。「私があなたに望むのは……」

　アレックスは意地の悪い笑みをたたえながら、ジュディスをまたフロアの中央へ連れていった。「君にそれを口にするだけの勇気はないね。頭の中で抜け目なく練り上げた計画を情熱に覆されそうになると、いつも逃げ出すようないくじなしだからね。でも、今度は逃げられないぞ。僕はここを離れない。そして君の情熱と非情な野心を利用して、自分の欲しいものを手に入れる。七年前、サイモンに邪魔されたことを、やり遂げたいんだ。さあ、僕をにらむのはやめて、今の婚約者ににっこりほほ笑んでごらん」

　レイモンドが軽く顔をしかめながら、こちらにやって来るのが見える。

「それとも七年前の真相を彼に話そうか？　君が話した清廉潔白な話とは違うだろうな。きっと君は、自分を悲劇のヒロインに仕立て上げたんだろう？　考えてみるがいい。もし僕が真相を話せば、レイモンドは君との結婚をやめるかもしれない。君にとってはそのほうが問題が簡単になる。決断も下しやすいだろう。さあ、魅力的な僕の申し出を取るか、生活のために働くか、決めてもらおうじゃないか。五万ドルもそう長くはもたないだろうから、僕に勝ち目がありそうだな」

レイモンドがさらに顔をしかめながら近づいてくる。ジュディスはほほ笑んだが、心の中は憎悪で煮えくり返っていた。「もしレイモンドにひと言でもしゃべったら、あなたを殺してやるわ」

「君のような女は人を殺したりしない。嘘をついたり、人を裏切ったり、相手かまわず寝たりはしてもね。ああ、レイモンド！」アレックスはぎりぎりのところで元気よく呼びかけた。「ジュディスをこんなに長く独占してしまって申し訳ありません。でも、彼女はとてもダンスが上手だし、久しぶりに一緒に踊ったものですから。許してもらえますか？」

「もちろんだとも！」レイモンドは大仰に明るい声を出した。「ふたりが仲よくしているのを見て嬉《うれ》しいよ。そろそろみんなのところへ戻らないか？」

レイモンドがジュディスの腕を取って、三人は居間に向かって歩き出した。

「僕たちが仲よくできない理由でもあるの？」アレックスはジュディスにしらじらしく尋ねた。「ジュディス、レイモンドに僕のことをどう話したんだい？」

「別に」ジュディスはこわばった声で答えた。

「ジュディス、この際、もやもやをすっきりさせてはどうだい？」レイモンドが割って入る。

三人は足を止めた。ジュディスはレイモンドに、その話はやめてほしいと目で訴えた。だが、レイモンドは何かに夢中になると、ほかのことはあまり目に入らなくなるたちだ。

「僕が聞いた話では、ジュディスの婚約者が亡くなった夜、君と彼が口論して、その直後に事故が起きたそうだね。ジュディスはずっと、君にも彼の死に対する責任があると思い込んでいるようだ。君が今夜パーティに来ると知ったとき、ジュディスは自分は欠席すると言い出したほどだった。それは逆恨みというものだと僕は言ったんだよ、サイモンは酒に溺《おぼ》れやすく、飲酒運転の癖があったようだし。ジュディスもわかってくれたようだけど、実際に君たちが仲よく笑っているのを見るまでは心配でね。これでほっとしたよ。ジュディスの幸せは、僕にとって、とても重要なことなんだ」

「立派な心がけですね、レイモンド」アレックスは如才なく言った。「でも、ジュディスの言うことにも一理あります。僕にも事故の責任があるんじゃないかという気がして、それを克服するのに何年もかかりました。理屈では、サイモンの無謀さが死を招いたとわかっていても、人間は理屈どおりに感じるとはかぎりませんからね」

「立ち入ったことをきくようだが、口論の原因はなんだったんだね？」レイモンドが尋ねた。

アレックスがちらりとジュディスに視線を送る。彼女は息をのんだ。

「話さなかったの？」アレックスはとぼけて言った。

「私……私は……」うろたえるジュディスを見て、レイモンドは当惑している。

この意地の悪い男にこんなふうにもてあそばれるのは、もううんざりだわ、とジュディスは思った。こんないじめに耐えるくらいなら、いっそ真実を話してしまおうかしら？

でもどうやって話したらいいの？　レイモンドと私の関係を壊さずに、しかもレイモンドとアレックスの商談も壊さずに話すには……。

そのとき、その場を救ったのはアレックス本人だった。

「ジュディスは知らないんですよ」皮肉なことに、アレックスの嘘は、ジュディスがレイモンドについた嘘と同じだった。「僕はサイモンの家族の態度が気に入らなかったんです。ジュディスがフレイザー家の巨万の富を受け継ぐ息子の妻にはふさわしくないという態度を、露骨に見せていましたからね」

「サイモンは財産家だったのか?」

「あの当時は違ったのよ」ジュディスはすかさず言った。「銀行のジュニア・エグゼクティブとしてもらう給料で、つつましく暮らしていたわ」

「でも結婚したら、かなりの財産を受け取ることになっていた」アレックスがあとを続けた。

そんな話は初耳だった。ジュディスの愕然とした顔を見て、アレックスは眉をひそめた。

「彼と結婚しなくてよかったね、ジュディス」レイモンドがややもったいぶった口調で言った。「家族に気に入ってもらえない嫁なんて、最低だからね」

レイモンドがそんなことを言うとは皮肉だった。ジュディスは、あきらかにマーガレットに気に入られていないのだから。

そのとき、当のマーガレットがジョイスと腕を組んで近づいてきた。ジョイスはまだ元気がない。ジュディスはパーティの初めに、彼女から具合がよくないと聞かされていたが、確かに顔色が悪くてつらそうだ。

「食堂にコーヒーを用意しましたの」マーガレットが言った。「飲みたいかたはご遠慮なくどうぞ。それに、ジョイスがペパーミントチョコレートを持ってきてくれたの。甘いものはお好きかしら、ミスター・フェアチャイルド?」

「残念ながら。でも、コーヒーはいただきましょう。それを飲んだらタクシーで帰ります。僕は昔から八時間眠るのが習慣なんです。とくに明日は手ごわい相手との取引がありますから、頭をすっきりさせておかないと」

レイモンドは笑いながらアレックスの肩をぽんとたたいた。「お世辞を言っても、例の土地は高く買わないぞ」

「仕事中に居眠りしても困りますしね」

「君が居眠りするなんて想像がつかないよ。さあ、食堂へ案内しよう」

レイモンドがアレックスの腕を取ってさっさと行ってしまったので、取り残されたジュディスはただ突っ立っていた。マーガレットが、いい気味だと言わんばかりに笑っている。

「コーヒーはいらないようね」立ちつくすジュディスにマーガレットは言った。ジュディスは遠ざかる男ふたりを見つめていた。頭が混乱し、心がうずいている。

そんなジュディスを慰めてくれたのはジョイスだった。「そんなに動揺しないで。レイモンドに悪気はないのよ。ただ仕事がいちばん大切なの」

マーガレットがそっけない笑い声をあげた。「ジュディスが動揺しているのは、レイモンドのせいじゃないわよ、ジョイス。ミスター・フェアチャイルドのせいよ。そうでしょう、ジュディス？　さっき彼がどれだけ私に質問を浴びせたかわかる？　あなたのことばっかり。彼とはいったいどういう関係だったの？」

ジュディスは振り返って未来の義理の妹を見つめた。マーガレットの薄い色の目には憎悪がむき出しだ。ジュディスは柄にもなく反抗したくなった。この意地悪な女にレイモンドとの仲を壊されたくない。レイモンドは確かに完璧《かんぺき》な人間じゃないけれど、いい人だ。アレックスがいなくなれば、きっと彼と幸せになれる……。

欲望だけがすべてじゃないわ。それがもとで、昔も今夜もどんなにひどい目に遭ったことか。精神の安定や心の平和をかき乱されたばかりか、私にとって本当は必要のないものまで欲しがるはめになってしまった。

二度と誘惑には負けないわ。一時的な快楽のために幸せな一生を棒に振るわけにはいかない。私はアレックスのみだらな欲望と、徹底的に闘うわ。そしてマーガレットとも。ふたりとも利己的で、人生に恨みを抱いている破壊者だわ。もう幸せを壊されるのはたくさん。そして、自分の手で幸せを壊すのも……。

ジュディスはマーガレットとジョイスに、冷静で自信に満ちた笑みを送り、ふたりを驚かせた。そして、まずジョイスに向かって言った。「私はレイモンドが何を優先させるか理解していますし、それを尊重してもいます。ちっとも動揺なんかしていません」

次に、不機嫌な顔をしたマーガレットのほうを向く。

「それからミスター・フェアチャイルドのことですけど、彼とはなんの関係もありません。正直言って、あの人は好きではありません。確かに、今夜彼が現れたので驚きはしました。でも、レイモンドのために礼儀正しくしようと努めていました。だけど、私の本当の気持をあなたに見透かされたというなら、私はあまりお芝居がうまくないということですね。では、食堂でコーヒーをいただくことにします。今度はもっとうまくできるといいんですが」

ジュディスはくるりと向きを変えて歩き出した。だが、すぐにマーガレットが追ってきて、憎しみのこもった言葉を投げつけた。

「勇ましいことを言うじゃない、ジュディス。でも私はだまされない。彼と踊っているのを見てわかったの。あなたたちは恋人どうしだった。そしてまたよりを戻そうとたくらんでいる。兄に隠れて不倫しようとたくらんでいるんでしょう。いつか現場を押さえて、その顔に唾《つば》を吐きかけてやるから！」

ジュディスは足を止めた。頬が紅潮し、怒りの言葉が舌先まで出かかった。だが、ちょうど食堂の入口に差しかかったふたりに、レイモンドが重要な取引先の客の接待のことしか頭にない様子でにこにこ手を振った。

アレックスはレイモンドの脇《わき》でコーヒーを飲んでいた。カップごしにジュディスと目が合ったが、何を考えているのかわからないほど不思議な目をしている。彼はジュディスとマーガレットに交互に視線を走らせてから、目を細くした。口元からカップを離して、片方の眉をわずかに上げる。驚いたが満足できる光景を見せてもらった、とでも言っているようだった。

そして、ジュディスに視線を戻した。今度はその目にははっきりと決意の色が浮かんでいた。

〝どうせ君は僕のものになるんだから……〟――先ほどそう言ったときと同じ目をしている。

これだけ離れているにもかかわらず、ジュディスは彼の意志の強さに圧倒されて身震いした。マーガレットも私と同じものを見て、同じ結論にいたったかしら？

「さあ、どうぞお入りください、ご婦人がた」アレックスがなめらかな口調で言った。

ジュディスはふいに逃げ出したくなった。アレックスからも、みんなからも……。その先起こることを思えば、本当にそうすべきだったのかもしれなかった。

5

アレックスはコーヒーを飲むと、レイモンドの呼んだタクシーで帰っていった。ジュディスは安堵《あんど》したが、マーガレットの前では感情を表に出さないように努めた。

それにしても先が思いやられる。レイモンドがアレックスとの取引をすませるまで、あと二、三日はかかりそうだ。彼はアレックスを、明日の晩のディナーに招待していた。それも疑い深いマーガレットの目の前で。たとえ不安で胸が締めつけられそうになっていたとしても、なんでもないふりをする以外に、私に何ができただろう？

アレックスは許すことも忘れることもできない人間だ、とカレンは言っていた。しかも彼は、自分が不当な扱いを受けた被害者だと思い込んでしまっている。

でも、今さらカレンが訪ねてきたことを打ち明けても手遅れだろう。逆に、あのときなぜ彼に事実を確かめなかったのかと迫られて、こちらの立場はさらに悪くなるかもしれない。そこまでするほどは愛してなかったのだと思われるだけだ。カレンの信頼を裏切っても、何も得るものはない。アレックスはすでに私を冷血な財産目当ての女で、結婚後は浮気しようと考えている女だと決めつけているのだから。

でも、アレックス自身もその浮気相手のひとりに名乗りをあげたじゃないの！　いいえ、違ったわ。ジュディスは混乱した頭で訂正した。アレックスは私のベッドを独占したがっていた。彼はひとりの女をほかの男と分け合って満足するような人ではない。私を誘惑してレイモンドとの婚約を解消させたうえで、何か冷酷なセックスの契約を突きつけてくるつもりなのだろう。それが結婚かどうかはわからないけれど、とにかくそれで目的を達したら、離婚するか捨てるかしようと考えているにちがいない。

ジュディスはダンスフロアで彼がささやいた言葉を、頭から締め出せずにいた。想像の中で、ドラムの音が鳴り響いている。興奮して脈打つアレックスの体を、まだ感じることができる。

絶望のうめき声をのみ込み、なんとか作り笑いを浮かべると、ジュディスは勇気を出して、震える腕をレイモンドの腕にからませた。「パーティに戻りましょうか？　それとも帰る？」

ジュディスはマーガレットの探るような視線から逃れて一刻も早く家に帰りたくてたまらなかった。

レイモンドは腕時計に目をやった。「もう遅いな。アレックスと明日の朝八時にマスコット・ヘリポートで待ち合わせをしているんだ」

「ヘリコプターに乗るの？」

「ああ。アレックスのヘリコプターだ。彼は操縦もするんだ。あの男は確かにスマートなやり方を心得ている。でも、時間のむだだな。僕はもう目をつけた地所の詳しい報告書と見積書は持っているからね。ただ、アレックスがどうしても自分の目で土地を見てほしいと言っているんだ。少々贅沢《ぜいたく》な気分にさせておいてお世辞を使えば、僕が彼の言い値を承知すると思っているらしい。でも、ヘリコプターでの遊覧ぐらいでは、レイモンド・パスコールの鋭いビジネス感覚を揺さぶるのは無理だな」レイモンドは傲《ごう》慢《まん》な表情を浮かべて胸をそらせた。

ジュディスは初めて見るレイモンドの子供じみた態度にたじろいだ。彼がこんなふうに男のエゴをむき出しにするなんて。彼のように成功した男性は自己顕示欲が強くても当然だけれど、子供じみた口ぶりが気になる。レイモンドは岩のように頼りがいのある人で、女性が誇りを持って結婚できる、成熟した大人の男性だとばかり思っていたのに。

帰りの車中、ジュディスは終わりのないジェットコースターに乗っているような気分だった。さまざまな思いがぐるぐるとめぐり、気持が激しく上下していた。

何もかもアレックスのせいよ、とジュディスは思った。彼が私の人生にふたたび現れたりするから、私自身の気持やレイモンドに対する感情に、疑問を抱くようになってしまったのよ。彼が現れるまでは、レイモンドと結婚するのが正しいことだと信じていたのに。レイモンドまでが、今までは見せたことのなかった子供じみた競争意識を表に出すようになってしまった。

アレックスを無視しなさい、と頭の中で必死にささやく声がする。きっぱりと！

ベンツがなめらかにガレージにおさまった。ジュディスは車を降り、身震いしながら心の中でつぶやいた。今夜ダンスフロアで起こったことを思い出すのよ。ちょっとでもその気があると思わせたら、彼がどんな力を発揮するかよくわかったでしょう？　もしまたそんな態度をとったら、彼はますますつけ上がって、またひとり立派な男性を破滅させることになるわ。もちろん、私が大切にしているすべてを失うことにもなる——自尊心、心の平和、そして幸せになる望みも。

「寝る前に一杯どうだい？」レイモンドが尋ねた。

ジュディスは玄関ホールを急いで抜けながら、笑顔を作って振り返った。一刻も早く寝室へ避難したかった。「ありがとう。でも、とても疲れているの」

「おやすみのキスもできないほど？」

ジュディスは階段の一段目で足を止めた。唾《つば》をぐっとのみ込んで振り返ると、レイモンドがすぐそばに立っていた。そして細長い指をジュディスの肩に置き、鋼鉄のようなグレーの目を細くして、彼女の目をのぞき込んだ。次の瞬間、レイモンドはもう頭を傾けてキスしようとしていた。

やめて、キスなんかしないで！　私に触らないで。お願い！

レイモンドの唇が重ねられたとたん、ジュディスは凍りついた。さらに唇をこじ開けられ、キスが激しさを増してきたときには、喉がつまりかけた。レイモンドにこんなキスをされたことはなかった。今まで一度だって！

自分が嫌悪感に襲われたのか、ショックを受けただけなのか、ジュディス自身よくわからなかった。いずれにせよ、レイモンドは彼女の弱々しいうめき声に励まされたらしい。キスが終わるのを、ジュディスはじっと我慢しつづけなければならなかった。ようやく唇が離れたときには、息が切れていた。

「君がまだバージンだなんて信じられないよ」レイモンドはかすれ声で言った。手を肩から離して、彼女の紅潮した顔を包み込む。「今夜、このドレスを着た君を見るまでは、自分の婚約者がどんなにセクシーか気づかなかった。それに君がほかの男と頬を寄せ合って踊っているのを見るまで、どんなに君を求めているかもね」

レイモンドに親指で左の頬をそっと撫《な》でられて、ジュディスはアレックスと頬を寄せ合ったときの感触を思い出した。

「バージンでなければ、今すぐベッドに運びたい」レイモンドは強引な口調で言った。「でも、結婚式の夜まで純潔でいたいという君の申し出もなかなか魅力的だ。最初はバージンだなんて言うからとまどったけれど、けっこう敏感に反応するし、思ったより恥ずかしがらないから嬉《うれ》しいよ」

レイモンドは手を顔から肩に移動させると、ジャケットを半分脱がせて肩をむき出しにした。みだらと呼んでもいい目つきで、胸元を見つめる。

「美しい胸だ」押し殺したような声でそう言うと、彼は両手で胸を包んだ。

固くなった頂を親指で撫でられた瞬間、ジュディスは息をのんだ。体じゅうを電気が走り抜けたようだった。だが、体が反応したのはレイモンドに触れられたせいではないとすぐに気づいた。今夜、アレックスに会えると知った瞬間から、私の体はとても敏感になっていたのだ。アレックスと踊っている最中、胸が恥ずかしいほど張りつめていた。あのとき体に火がついて、まだ消えていないんだわ。

けれど、レイモンドは自分の愛撫《あいぶ》で私が興奮したと勘違いしている。そう思っていてもらうしかないわ。いつかは本当にそうなるといいのだけれど。

しばらくして、レイモンドにこのまま続けさせることに、ジュディスは罪の意識を覚えた。やっぱり間違っている。ある男性のために燃えている体を、ほかの男性に愛撫してもらうなんて。

「やめて……それ以上は」ジュディスはジャケットを戻してしっかりと胸をおおった。

「そうだね、悪かった。つい我を忘れてしまって」レイモンドはしわがれ声で言った。

でも、私はそうじゃない。彼に触れられるのが、だんだん気に障ってきたからだ。

「おやすみ、ジュディス」レイモンドの紅潮した顔に欲求不満が表れている。

「ご……ごめんなさい」ジュディスは涙まじりに謝った。

「君は謝るようなことは何もしていないよ」

ジュディスはもう少しで、あなたとは結婚できない、と口にしてしまいそうになった。だが、代わりに無言で階段をいっきに駆け上がると、自分の部屋に飛び込んで閉めたドアに寄りかかった。心臓が早鐘を打ち、頭の中はがんがん鳴っている。気がつくと、ぬいぐるみの小さなまるい黒い目が、叱《しか》りつけるようにこちらを見つめていた。

「そんな目で見ないで！」ジュディスはドアから体を離した。「私が悪いのよ。でも悪気があったわけじゃないわ。レイモンドのためによかれと思ってやったのよ！　でも何がいいのか、もうわからない」震える手を喉にあてて泣き出した。「穏やかな結婚生活を送ろうと思っていたの。アレックスに呼び起こされるあの狂気じみた感情より、そのほうがいいと思って……自制心も良心も失って、破滅に向かうだけですもの。でも、もうわからない」

ベッドの端に座り込み、両手で顔をおおった。驚いたことに、涙は出なかった。涙など慰めにはならないと言われているようだ。今のジュディスには、パンダのピーターさえも必要なかった。

その代わり、ひとりの男の顔が浮かびあがった。ハンサムだが彫りの深い厳しい顔。冷徹な黒い瞳と残酷なほどセクシーな口元。

それがあなたの欲しいものなのよ――堕落した欲望のささやきが聞こえた。認めておしまいなさい、と。

ジュディスは顔から手を下ろして背筋を伸ばすと、ドレッサーに映った自分を見つめた。きらめく青い瞳を、開いた唇を、まだ上下している胸を。

「認めるわ。私は彼が欲しい。でも、だからって欲望のままに行動するつもりはないわ。私はそんな堕落した人間じゃない。自分の価値観と自尊心を守り抜くつもりよ。もうすぐアレックスだって自分の住む世界に帰るはずだし」

ジュディスはそう願った。

でも、アレックスが仕事の本拠地をシドニーに移したら？　もし本気でここに居座ったとしたら？　私の人生を完全なまでに破壊しないと満足しなかったら？　今だって私を悪女だと思い込んで、ぶきみなほど復讐《ふくしゅう》心を燃やしているじゃないの。

アレックスは忘れるとか許すとかいったことができない人間だ、とカレンは言っていた。

いいえ、そんなの考えすぎよ。

ジュディスは立ち上がってドレスを脱ぎはじめた。アレックスが私を愛しているとは思えない。見込みがないとわかれば、きっとあきらめるわ。レイモンドに対する気持は、アレックスがいなくなってから考えればいい。彼のいるあいだはものの見方も判断力も歪《ゆが》んでしまうから。

ジュディスはドレスをクロゼットの奥の隅にかけた。もう二度と着るのはやめよう。アレックスのことを考えてしまうから。

すでに頭の中には、翌日の晩に催されるディナーのぞっとするよう場面が、次々に浮かんでいた。今度こそ、アレックスと顔を合わせないですむような言い訳を考え出せるかもしれない。それとも、勇気を出してもう一度彼と対決してみようか。オスカー賞ものの演技で、彼を突っぱねればいい。

そうよ、私の人生からきっぱりとアレックスを追い出すには、それしかないわ。レイモンドのいる前では礼儀正しく接しなければならないけれど、ふたりきりになったときには、冷ややかな態度で接するのよ。危険なゲームだけど、それしか方法がないわ。

もう良心などない、とアレックスは言っていた。実際、彼は結果や他人の感情などは考えずに自分のしたいようにやっているように見える。でも、もう二度と私の人生をだいなしにはさせない。レイモンドの人生だって。レイモンドにはなんの罪もないのだから。サイモンだってそうだったのに……アレックスがたとえどう言おうと。

サイモンのことを思うと涙があふれた。

アレックスは七年前の出来事に、もうなんの罪悪感も感じていないのかしら？　どうしてサイモンひとりに責任を押しつけてしまえるの？　どうしてほかの男性と婚約した私にまたつきまとうの？

おぞましい過去の繰り返しだわ。

でも、邪魔だてはさせない。もうたくさんよ。

涙がどっとあふれ出た。ジュディスはベッドに突っ伏し、パンダのピーターを抱き締めながら思いきり泣いた。

6

翌朝、八時半すぎにジュディスが階下に行くと、レイモンドはもう出かけたあとだった。目の縁がなぜ赤くなっているのか、きかれたくなかったので、かえってありがたかった。

ジュディスは広くて誰もいない屋敷の中を静かに歩いていき、キッチンをのぞいた。そこにも誰もいなかった。普段ならこの時間にはミセス・コブが来ていて、明るい笑顔と陽気なゴシップで迎えてくれるはずなのに。ミセス・コブは五十の坂をこえた未亡人で、長年パスコール家で働き、家の一部のような存在だった。

ミセス・コブとジュディスは気が合った。とはいえ、彼女がレイモンドとジュディスの結婚に賛成かどうかはわからなかった。そんなに年上の男性と結婚していいの、と彼女は二度も三度も尋ねた。

ジュディスはそれでいいと信じていた。昨夜までは。

ため息をつきながら、コーヒーを沸かそうと思ったとき、コーヒーポットにミセス・コブのメモが立てかけてあるのに気がついた。〝スーパーマーケットに行ってきますが、朝のお茶の時間までには戻ります〟と書かれてある。

残念だこと、とジュディスは思った。彼女とおしゃべりして気分をまぎらわしたかったのに。でもミセス・コブは勘がいいから、かえって留守でよかったのかもしれない。戻ってくるころには、たぶんまぶたの腫《は》れも引いているだろう。

あまり食欲がないので、朝食はトーストとコーヒーにした。朝食用のカウンターでぼんやりとコーヒーを飲みながら、そろそろ看護婦の仕事に戻ろうか、と考えはじめた。レイモンドと結婚しても、何もしないで家にいるのは性に合わない。

確かに長年にわたるミセス・パスコールの看護のあとでは、完全な休息が必要だった。二十四時間付き添っていたので、最後にはすっかり疲れ果ててしまったのだ。でも、数週間の休暇をとった今なら、いつでも仕事に戻れそうな気がする。

私は忙しくしていないと落ち着かない性分だ。

とにかく今日も何か用事を見つけよう。どんな落とし穴が待っているかわからない今夜の夕食のことを考えないですむのなら、なんだっていい。そう、考え事をしたくないときは掃除にかぎる。そこでジュディスは朝食がすむと、さっそく掃除に取りかかった。二階に四つあるバスルームのタイルと床とトイレ、おまけにすでに染みひとつなく掃除されている続きのゲストルームまで全部磨き上げて、ベティの仕事をずっと楽にしてやった。

ベティは月曜日と金曜日にやってくる働き者の掃除婦で、二十部屋もある屋敷の掃除が仕事だった。小学生の子供ふたりと稼ぎの少ない夫を抱える彼女は、一週間ずっと大きな家を掃除してまわり、なんとか家計をやりくりしていた。金曜日はよく疲れた顔をしているので、明日は早く帰してあげられそうだ。そう思うと、ジュディスは心が弾んだ。五十ドルのボーナスを渡して、美容院に行かせてやるのもいいかもしれない。そうよ、そうしましょう。

お金のことを考えたせいで、ジュディスはミセス・パスコールが遺言で遺《のこ》した五万ドルのことを思い出した。あのときのマーガレットの怒りはすさまじかった。ジュディスは受け取りを辞退したのだが、レイモンドは当然のボーナスだと言って、何か特別な買い物をしなさいと言ってくれた。それでも、そんな大金を老いて亡くなった患者からもらうのは気が引けた。老人は看護婦に対して、気前のいい振る舞いをしがちだというマーガレットの主張ももっともだった。

私はお金に困っているわけではない。いつも貯金を心がけていたし、銀行口座はちゃんと収支が合っている。

結局、お金は母親に贈り、ヘレンの家の近くの小さなフラットを買う頭金に使ってもらった。ヘレンに三人目の子供が生まれたら、ますます手狭になる公営アパートを出て自分だけの小さなフラットに住めたらいいのにと、母親はよくこぼしていたのだ。母親がとても喜んでくれたので、ジュディスも満足だった。

昨夜、この話をアレックスにしようかと思ったのだが、どんな反応が返ってくるか目に見えていたのでジュディスは言わなかった。例によって冷ややかな嘲笑《ちょうしょう》に迎えられただろう。レイモンドの妻になればもっとたくさんの金が引き出せるんだから、母親にあげるのは当然のことだよ――きっと、彼はそう言ったにちがいない。話そうが話すまいが、結果は同じだったのだ！

とはいえ、今夜アレックスがふたたび私を侮辱しはじめたら、今度はもっと自分をかばうつもりだ。昨夜は事のなりゆきにうろたえるばかりで、自分を弁護する余裕がなかった。彼が六十センチ以内に近づいてきただけで、理性が窓から外へ飛んでいってしまったくらいだ。今夜は冷静でいなくては、なんとしても。

ジュディスはため息をつくと、階下の化粧室に行って、どこもかしこもぴかぴかになるまで磨き上げた。

「出産間近の妊婦と間違われますよ」ミセス・コブは、午後のお茶の時間になってようやく掃除をやめたジュディスに言った。

ジュディスのとまどった顔を見て、陽気なミセス・コブは笑い声をあげた。

「私、ふたりの息子がおなかにいたとき、出産間近の数週間はひどく気が立ってね。気をまぎらわそうと壁や窓の掃除を始めて、陣痛が始まるまでやめなかったのよ」そこまで言うと、ミセス・コブの明るい笑顔はふいに消え、鋭い顔つきに変わった。「何か心配事でもあるの？　よかったら相談に乗るわよ」

ジュディスはミセス・コブに打ち明けたいという誘惑に駆られたが、かえって事態が悪くなりそうな気がして思いとどまった。アレックスから身を守るには、完璧《かんぺき》な仮面をかぶるしかないのだ。私の心の奥にある暗い秘密を知っているミセス・コブが夕食を給仕するそばで、冷静沈着な顔をして座っていられるとは思えない。

やっぱりこの罪深い弱さは胸のうちにしまっておこう。それにミセス・コブの世代の女性は、私が抱いているような感情に嫌悪感を抱くかもしれない。アレックスのことを考えるだけで、どうしようもないほど激しい欲望に駆られるだなんて。

　七年前の行為については、まだ言い訳がたつかもしれない。若くて、世間知らずで、分別がなく、愛と錯覚してしまったのだと。

　でも、今は恐ろしい真実を知ってしまった。私の感情も、アレックスの感情も、愛とはなんの関係もない。ただ動物的な欲望にすぎないのだ。それは原始的で圧倒的な力を持ち、一瞬でも解き放つと手に負えなくなる。今度もまた、きっと七年前のような悲惨な結末をもたらすだろう。

　ジュディスは思わず身震いした。アレックスとまた顔を合わせるのが恐ろしい。彼はどんな手段を使ってでも私を誘惑してみせると宣言した。その危険から身を守るには、周囲に壁を張りめぐらし、不退転の決意という鎧《よろい》を着て、意志の弱さを隠すしか方法はない。

　サイモンのことを忘れてはだめ、とジュディスは自らに言い聞かせた。そしてレイモンドのことも。また婚約者を傷つけたいの？　肉体は傷つかなくても、心はずたずたになるわ。レイモンドは私のことを熱烈には愛してくれていないかもしれないけれど、大切に思ってくれている。それに、マーガレットにやっぱり思ったとおりだと思われたくはない。私はそんなに弱くて堕落した人間ではないのだから。

　恥知らずな夜は絶対に繰り返さない、とジュディスは、決意を新たにした。アレックスがどんなに巧みな手段で誘惑してきても絶対に負けはしない。

「ミスター・パスコールとの結婚を迷っているのね？」ミセス・コブが尋ねた。

「まさか」ジュディスは明るく答えた。「ただ退屈してるだけよ。本を読んだりビデオを見たりしてるだけですものね。やりがいのある看護婦の仕事に戻りたくなっちゃって」

それは本当だった。子供のころから好きだった看護婦の仕事をしていないと、どうしていいかわからくなることがある。

ミセス・コブはうなずいて、ビスケットを紅茶に浸した。「わかるわ。私も引退してのんびりしたいといつも思うけど、そうなったらすぐにいらいらするにきまってるもの。ところで、結婚後も仕事を続けたいと思っているのを、ミスター・パスコールはご存じなのかしら？」

心配そうにそうきかれ、ジュディスは驚いて目をしばたたかせた。確かにこの問題をレイモンドと話し合ったことはない。最近では大半の女性が働いているから、レイモンドもわかってくれるだろうと思っていたのだ。

「私が働くのをいやがると思う？」ジュディスは小声で尋ねた。

ミセス・コブが肩をすくめる。「さあ、どうかしら。でもミスター・パスコールは古い考えの持ち主だから、きいてみたほうがいいわね。式を挙げる前に」彼女はさりげなくつけ加えた。

ジュディスは大きく深呼吸をした。結婚式までもう二週間しかない。そして結婚式が来れば、かならず初夜が来る……。

しつこいほどのレイモンドのキスと、胸に置かれた手を思い出して、ジュディスは身震いした。本当に、あんなことに最後まで耐えられるの？

ミセス・コブはジュディスをじっと眺めた。そのまなざしはマーガレットと同じように注意深かったが、はるかにやさしさにあふれていた。「考え直すのに遅すぎるなんてことはありませんからね」

「ええ、わかっているわ」悩みが顔に出ているのかしら。ジュディスは顔から感情をぬぐい去ると、にっこりとほほ笑んだ。「大丈夫よ。昨夜《ゆうべ》、マーガレットにうんざりさせられただけだから」

「確かにあのかたは愉快なかたじゃありませんね。それに、あなたに嫉妬《しっと》しているわ」

「私を嫌っているのは確かね。レイモンドが、あの夫婦と頻繁につき合うつもりじゃないといいんだけど……。つき合いといえば、今夜は何時にお客さまなのか、レイモンドから聞いてる？」

「七時ごろだそうよ。夕食は八時。ミスター・パスコールは夕食の前に、軽くお酒を飲みながらくつろぐのがお好きだから」

「そうね。そうだ、飲み物と暖炉の火の準備は私がするわ。あなたは夕食の支度で忙しいでしょう？　今夜は何を頼まれたの？　もしかして、特製パンプキンスープに、ローストポーク、それから……レモンメレンゲパイじゃない？」

「ご名答。ミスター・パスコールのことがよくわかってること。ただ、あまり彼に合わせすぎないようにしないと。もめ事を避けて、なんでもミスター・パスコールの言うとおりにするのはやめたほうがいいわね」

ジュディスは驚いた。「私、そんなことをしているの？」

「ええ、ご自分で気づかないうちにね」ミセス・コブはじっとジュディスを見据えた。「あなたは、近ごろの娘《こ》たちのように、言い返したり喧嘩《けんか》したりしない、気立てのいい娘よ。でも玄関マットみたいにおとなしくしていると、ミスター・パスコールにいいように踏みにじられるわよ。かわいそうなジョイスへの態度を見てごらんなさい」

ジュディスはその最後の言葉に面食らった。

「ジョイスへの態度？　ふたりはボスと秘書のいい関係だと思っていたけれど」

ミセス・コブはなんとも言えない目つきでジュディスを見た。あわれみさえ感じられるほどだった。そして口を開きかけてやめ、小さな声で何事かぶつぶつとつぶやいた。

「雇主のゴシップは控えないとね」ミセス・コブはようやく言った。「ミスター・パスコールは私にとてもよくしてくださるし、基本的には紳士だから。でも、あまり敏感なほうではないわね。私の言う意味がわかる？」

ジュディスはうなずいて、ため息をもらした。

「ええ。あなたの忠告を忘れないようにするわ。さあて、そろそろ今夜の支度を始めたほうがいいわね。私、ひどい格好ですもの」

ジュディスはミセス・コブの言葉を思い返しながら、ゆっくりと部屋に戻った。私は人とつき合うときに、口論や対立を避けたいあまり、いつも楽な道ばかり選んでいるのかしら？

確かに今まではそうだったかもしれない。でも、昨夜は違った。レイモンドに対してもアレックスに対しても。それなのにアレックスは、私をいくじなしと呼んだ……。

ジュディスは眉を寄せた。いくじなしなんて、弱い人間のことだわ。人生やそれにつきまとう問題に直面するのを恐れて、いつも逃げ出すような。

サイモンが亡くなったあとで私がしたことは、そういうことなの？　まずこの家に逃げてきて、今度は愛のない結婚に逃げようとしている。なぜならもうひとつの道が怖いから？　アレックスによって別の人間に変えられるのが、そして自分の情熱が怖いから？

違う、そうじゃない。ジュディスは必死に打ち消した。確かに七年前の私は、罪悪感と後悔の念で抜け殻のようになっていた。自分のせいで罪のないひとりの男性が命を落としたのだからあたりまえだ。

でも、逃げ出したわけじゃない。生きのびるために違う道を選んだのだ。良識とプライドをなくすことなく！

アレックスとは決して幸せにはなれなかったにちがいない。たとえ彼が私を復讐《ふくしゅう》に利用したのではなくて、真剣に考えていたとしても結果は同じだっただろう。アレックスと幸せになろうなんて、自殺行為にも等しい。だから、より分別のあるまともな道を選んだ。それがたまたま安全で平和な道だったのだ。それってそんなに悪いことなのかしら？

ジュディスは挑むように顎を突き出して階段を上った。いいえ、私の選択は間違っていないわ。アレックスとの将来を拒絶して、レイモンドとともに歩いていこう。

ジュディスは慎重に服を選んだ。常識の線を越えず、それでいて、アレックスの前だから控えめに装っていると思われない服を選びたい。昨夜の挑発的なドレスのあとでは、いつもの地味なドレスに戻るわけにはいかない。そんなことをしたら、アレックスは皮肉を込めて眉を上げるだろう。

結局、丈の短い黒のドレスを着ることに決めた。それは二年前にセールで買ったドレスで、どこへでも着ていけるたぐいのものだった。生地は伸縮性のあるウールのジャージで、すとんとしたシンプルなデザインだ。長袖《ながそで》だが、スカート丈はかなり短く、襟がハイネックのロールカラーになっている。これはレイモンドとバレエを見に行ったときに一度着たことがあるだけだ。今夜で着るのは二度目だが、以前着たときより、なんとなく体の線が出すぎてるような気がする。

ジュディスは鏡に映る自分の姿に顔をしかめた。この数週間ぶらぶらしていたせいで体重が増えたのかしら。それもあるかもしれないけれど……もう一度、首から膝まで黒いぴったりとしたドレスに包まれた体を見直して、あることに思いあたった。

ジュディスはぱっと頬を染めた。それはアレックスだけが簡単に引き起こせる体の変化だった。でも彼がやってくるのは一時間もあとなのに！

ジュディスは絶望的な気分で身支度の仕上げにかかった。何をしようと何を着ようと、悪あがきにすぎないのかもしれない。私が何を感じ、何をひそかに求めているか、アレックスならひと目でわかってしまうだろう。

どんなヘアスタイルにしようとアレックスはだまされないわ。豊かな栗《くり》色の髪をうなじの上で上品にまとめて黒いバレッタで留めながら、ジュディスは思った。どんなにきっちりと髪をまとめ、どんなに地味なバレッタにしても違いはない。

化粧をしても、やっぱりだませないだろう。すでに頬はひそかな興奮でばら色に染まり、唇はまるで恋人のキスを待ちこがれているかのようにふくらみを帯びている。興奮ですぐに乾いてしまう唇を、身支度を整えながらそわそわとなめたり噛《か》んだりしているうちに、唇はますます赤く、感じやすくなっていった。

上品な真珠のイヤリングをつけながら、ジュディスは鏡の中の自分に首を振ってみせた。やましい気持があるからそう思うのよ。アレックスの前で冷静にしていれば、何も気づかれないわ。大人の女がしゃれた黒のドレスを着て、真珠のイヤリングをつけていると思うだけよ。紅潮した顔も頬紅がついていると思うだけだわ。だから、私はただ落ち着いていればいいの。

ふたりは七時半に到着した。レイモンドは車を玄関の前に停《と》めて、ガレージからではなく、玄関からアレックスを案内した。

一方、ジュディスは客間で飲み物をふんだんに用意して待っていた。夕食用の赤ワインはすでに香りを放ち、白ワインはアイスバケットの中できりりと冷えている。

　気持を落ち着かせるために、ジュディスはシェリーを二杯飲んだ。車寄せに入ってくる車のライトが見えたとたん、暖炉の前から立ち上がった。レイモンドが好印象を与えたい仕事仲間を連れてくるときに、どの入口から入ってくるのかは予測できていた。

　スカートの皺《しわ》を撫《な》でつけ、背筋をぴんと伸ばすと、落ち着き払った優雅な足取りで玄関に向かった。だが、ジュディスが玄関に着く前に、レイモンドはすでにドアを開けて、客を招き入れていた。

　アレックスは、カジュアルなクリーム色のズボンとキャラメル色のクルーネックのセーターの上に、茶色いスエードの上着を着ていた。カントリー・ウエスタン調の装いが、タフで男らしい風貌《ふうぼう》によく似合っている。一方、ごく普通のグレーのビジネススーツを着たレイモンドは、精彩なく見えた。

　アレックスは両手をこすり合わせながら、ジュディスが近づくのを見つめていた。彼があらぬ期待を抱いているのかと思いぞっとしたが、ジュディスはすぐに寒さのせいだと気づいた。南からの寒波がシドニーの街に冷たい風を運び、外は厳しい寒さにおおわれていた。

「外は凍えそうな寒さだよ」アレックスはそう言って、指の先に息を吹きかけた。「こんばんは、ジュディス。君はずいぶん暖かそうだね」

「ずっと暖炉の前に座っていたから」ジュディスはそっけなく答えると、レイモンドに目のくらむような笑みを送った。「おかえりなさい、ダーリン」

　レイモンドの驚いた表情が隠れるような位置に立って、彼の頬にキスをする。ジュディスが彼を〝ダーリン〟と呼ぶのはこれが初めてだった。

「今日は順調だった？　暖炉の火をおこして、飲み物を用意しておいたのよ」ジュディスはアレックスを無視して、レイモンドに寄り添った。

「ああ、とてもね」レイモンドが答える。〝男を崇拝するかわいい女〟を演じるジュディスの歓待ぶりに、まんざらでもない様子だ。彼女の頬にキスのお返しさえした。「とてもきれいだよ。そのドレスは前に見たことがあったかな？」

ジュディスは笑い声をたてた。「もちろんよ、ダーリン。バレエを見に行ったときに」

「そうだっけ？　とにかく、よく似合ってるよ。もっと着てほしいな。さあ、友人がしもやけで死なないうちに暖炉の前に案内しよう。アレックスは一日じゅうこの寒さに文句を言っていたからね」

ジュディスがようやくアレックスを見ると、彼の目は冷ややかな光を放っていた。これまでのところ、ジュディスの演技にはだまされていないようだ。

「あなたは幸せ者ですよ、レイモンド」贅沢《ぜいたく》に暖められた部屋に案内されたアレックスは言った。「毎晩、こんなお出迎えが待っているなら、僕だってわざわざまた外に出かける気にはなれないだろうな」

レイモンドは嬉《うれ》しそうに笑った。「座ってくれ、アレックス。飲み物を持ってこよう」彼はバーとして使っている年代物の大型のサイドボードへ向かった。「何がいい？　君は、ジュディス？　いつものにする？」

「今はやめておくわ」ジュディスはすでにシェリーを飲んでいたし、食事になればまた何種類かのワインを勧められるだろう。ほどほどのアルコールは感覚を鋭くして、活力を与えてくれる。でも飲みすぎたら、涙もろくなり憂鬱《ゆううつ》な気分になってしまう。

「ブランデーをいただけますか、レイモンド」アレックスはそう言うと、暖炉にいちばん近い肘掛け椅子に腰を落ち着けた。向かい合わせにジュディスが座る。ふたりのあいだには空いた椅子が二つあったが、視線を妨げるものは何もなかった。ジュディスが暖炉の炎から目を上げるたびに、冷たい笑みを浮かべた目が見つめていた。

自分でも気づかないうちに、ジュディスは緊張していた。両手で肘掛けを握り締め、膝を固く閉じて、背筋を伸ばす。レイモンドがアレックスにブランデーを渡し、自分用にスコッチのオン・ザ・ロックを持ってようやくアレックスの隣の椅子に腰を下ろすと、ジュディスはため息をついた。それを聞いて、レイモンドが彼女を見た。

「疲れているのかい？」普段よりずっと思いやりを見せて尋ねる。

「少しね」ジュディスは答えた。「今日、早めの春の大掃除をしたの」

「それは掃除婦の仕事だろう？」レイモンドは不満げな顔で言った。「そのために金を払ってるんだ」

「体を動かしているのが好きなのよ、レイモンド。昼間は何かしていないと。じつは、仕事に戻ろうかと思ってるんだけど」

「どういうことだ？　僕の知っている奥さんたちは、たいてい昼間は何もせずに、昼食に出かけたり美容院に行ったりするだけだよ。君は独身だったね？」レイモンドは右隣のアレックスに話しかけた。「もし君なら自分の妻を働かせたい？　せっかくジュディスのように美人で魅力的な女性と結婚したのに、一日じゅう病人の世話をして疲れきっていらいらした顔で帰ってきてほしいと思うかい？」

「いや、とんでもない」アレックスはブランデーを口にしながら、つぶやくように答えた。冷淡な目が、グラスごしに彼女の視線をとらえる。

ジュディスは息をのみ、暖炉の躍る炎に視線をそらした。レイモンドがこんなことを言うなんて……。彼は結婚というものを、いつでも利用できる魅力的な所有物を手に入れることだと思っているみたいな口ぶりだ。私が思い描いた結婚は、友情と連帯に基づいた関係であり、互いの愛情と尊敬に基づいた対等な関係だ。セックスはあまり重要な位置を占めていないのに！

そのとき、廊下で電話の鳴る音がした。

「ミセス・コブに任せなさい」レイモンドは、立ち上がろうとしたジュディスを制した。

怒りを覚えながらも、ジュディスは椅子に戻った。まもなくドアがノックされ、ミセス・コブが顔をのぞかせて、ミスター・パスコールに妹さまからお電話です、と告げた。

レイモンドがため息をついて立ち上がる。「すぐに戻るよ」

レイモンドが出ていったとたん、部屋に危険な沈黙が降りた。少なくともジュディスにとっては恐ろしいものだった。

「もし僕と結婚したら」アレックスが重苦しい沈黙を破って言った。「そもそも疲れすぎて働きになんか行けないだろうね」

ジュディスはアレックスが期待しているであろう反応をかろうじて抑えた。早鐘を打っている心臓の音が彼に聞こえなくてよかった。

「婚約者が部屋にいないときに、あなたと話すつもりはないわ」ジュディスはそっけなく言った。

「ただ聞いていてくれればいい。僕は昨夜、君と突然の再会を果たしたときの自分の反応についてよく考えてみたんだ。もちろん僕が衝動的に口にしたこともね。僕は後悔している」

ジュディスは目をまるくした。彼は謝ろうとしているの？

「君の婚約者と今日一日過ごしたら、過去の問題や君のことを追いかけるのは、もうよそうという気になった。君を苦しめたことは心から謝るよ。君の秘密は僕の胸にしまっておく。君の愛する人に話すようなことはしない。僕は彼がけっこう気に入ったんだ。ちょっと気取り屋だけど、誰だって欠点はあるし、それが魅力になることもあるからね」アレックスはジュディスの口元から胸元へと視線を下ろした。

ジュディスは驚いてまばたきをした。こんなに人を侮辱した謝罪は初めてだわ。

「きっと君たちはとても幸せな夫婦になれるよ」アレックスはまた彼女の顔に視線を戻してから言った。「さいわい、レイモンドには、ベッドの中やほかの場所でかわいい妻が演技をしていると敏感に察知するだけの洞察力はないからね。玄関で見せた献身的な恋人の演技はなかなかのものだった。サイモンのときとは少し違うやり方だな。あのころの君は、世間知らずの純情な娘を完璧に演じていた。だが残念なことに、君はほかの点では変わっていない。きっと不実な妻になるんだろうね、サイモンのときと同じように。まあ、それでサイモンが悩んだとは思わないけどね。でも、レイモンドは道徳に関して保守的だし、君への愛情も本物らしい。だから僕は、君から愛されているという彼の幻想を壊すのはやめにした。そういうことはマリオのような男たちに任せるよ」

ジュディスは怒りに顔を紅潮させ、椅子から立ち上がった。

「よ……よくもそんなことが言えるわね」声も体も激しく震えていた。「あなたは私を誤解しているわ。私はマリオとはそんな関係じゃないのよ」

「ほう？　僕がどう誤解しているんだ？」アレックスはグラスごしにジュディスを見上げ、平然とブランデーを飲んだ。「七年前、サイモンとの結婚式の二日前に彼の家の庭に横たわって、僕に体を許そうとしたのは君じゃなかったのか？　昨夜ダンスフロアで僕にしがみついてきたのは君じゃなかったのか？」

「やめて」ジュディスはうめくように言うと、恥ずかしさで真っ赤になった頬を手でおおった。

アレックスはジュディスから目を離さずに、ゆっくりとブランデーグラスを膝まで下ろした。

「今この瞬間、欲望がうずき、キスや愛撫《あいぶ》を僕に求めていないと言えるのか？　この部屋で……この床で……この暖炉の前で、僕に押し倒してほしくないと言えるのか、ジュディス？」

ついにジュディスは怒りを爆発させた。「あなたなんか欲しくないわ！」両脇《りようわき》で手を握り締める。

アレックスは椅子に座り直したが、緊張が解けて、うんざりしたようなあざけりが顔に表れた。「そうだろうね。君が欲しいのは、べつに僕だけじゃないだろうから。魅力的な男なら誰でもいいんだ。それにしても、狙《ねら》った魚を釣り上げるのにずいぶん時間がかかったものだね。七年だっけ？　レイモンドのような自己中心的な中年男は、君のそのおいしそうな体を早く自分のものにしたがったんじゃないのか？　もっともつまみ食いはさせてやったのかもしれないな。母親が亡くなるの待って、それから結婚に踏み切る必要があるかどうか確かめようと思ったんだろう？」

「自分はなんでもお見通しだと思ってるのね？」ジュディスは反論した。「でも、本当は何もわかっていないわ。もし私が、体を餌《えさ》にして金持の男性を誘惑し、その裏で相手かまわず寝ていたというのなら、私がまだバージンなのはどう説明するつもり？」

7

アレックスは驚いてジュディスを見つめた。しばらくして何か言いかけたが、そのときドアの開く音がしたので、口をつぐんでしまった。

一方、ジュディスも動揺していた。なぜ彼の術中に陥って、こんな最低の告白をしてしまったのだろう? こんなことをしてどうかなると思ったの? 彼が信じるはずないわ。彼は私の言葉を何ひとつ信じていないのだから! バージンかどうかを証明する方法はたったひとつしかないのに、そういうふうに証明できるかどうかだってわからないのよ。

だいたい、なぜそんな方法で自分の言葉を証明しようと考えるの? アレックスはあきらかに私を軽《けい》蔑《べつ》しているというのに。かつて私にどんな感情を抱いていたにしろ、それはとっくに冷たい感情に変わってしまっている。もう期待してもむだよ!

ジュディスは頭がくらくらした。かがんで暖炉に薪《まき》をくべていると、レイモンドが部屋に入ってきた。ジュディスは体を起こし、平静を装ってアレックスのほうを振り返った。彼は椅子に背筋を伸ばして座り、ブランデーを飲んでいる。こちらに向けられた暗くもの思わしげな目を見て、彼の意地悪な偏見をなくす望みが少しは出てきたような気がした。

「まったく、妹のやつときたらおせっかいなんだから!」レイモンドはいらだたしげに言うと、空に近いグラスを手にしたまま、椅子に腰を落とした。「昨夜《ゆうべ》、君が言っていたとおりだったよ、ジュディス。もうマーガレットにはうんざりだ」そう言って、グラスの残りを飲み干した。「今夜はすごくいい気分だから、身内の話でだいなしにしたくない。ウイスキーのお代わりをくれないか、ジュディス？」レイモンドは空のグラスを渡しながら言った。

　レイモンドの玄関マットにならないようにというミセス・コブの忠告がジュディスの頭をかすめたが、何であろうと用事ができたのはありがたかった。ジュディスはグラスに角氷を五つ六つ入れてシーヴァス・リーガルを注《つ》いだ。

「土地の売買契約を結んだことを、アレックスから聞いたかい？」ジュディスがグラスを渡すと、レイモンドは礼も言わずにそう尋ねた。

「いいえ」ジュディスはいらだって、無愛想に答えた。

　だが、レイモンドは彼女が気分を害したことには気づかない様子だった。一方、アレックスは気づいて眉を上げ、それからひそめた。ジュディスは、アレックスが自分を違った目で見ているのをますます強く感じた。堕落した財産目当ての女だという彼の見方は揺らいでいるらしい。

「もう契約書にも署名した。双方が歩み寄って、ようやく価格に折り合いがついたんだ」

「それならふたりのお仕事は終わったのね？」ほんの数分前ならほっとしていたはずなのに、突然、ジュディスの心の中を相反する感情が駆けめぐった。今はアレックスが帰ってしまうのを望んでいるのかどうかさえわからない。彼が私を信じはじめているのかもしれないというわずかな希望が見えてきたのだから。

「ああ。アレックスは明日、南海岸に帰るそうだ」レイモンドの返事を聞いて、ジュディスはがっかりした。「本拠地をシドニーに移してはどうかと勧めたんだが、断られてしまってね。シドニーは彼にとってタフすぎるんだそうだ。でも、彼だって相当タフだよ。あの土地の値段を吊《つ》り上げるなんて、誰にもできないと僕は豪語していたくらいだからね」

「買いかぶらないでくださいよ、レイモンド」アレックスが言った。「僕はただ、あなたの報告書が見落としていた利点をいくつか指摘しただけなんですから。あなたこそ、その付加価値を理解してくださって賢明でしたよ。近くに鉄道があるのは最大の利点です。近ごろ鉄道は需要が減少の一途ですから、貨物輸送を頼めば安く引き受けてくれるでしょう。あの土地を買わない手はありません。あとは、作物を育てる有能な生産者を探すことです」

「それについても君のほうが詳しそうだ。君は農業をやっていたとジュディスから聞いているが」

「なりゆきでそうなったんです。でも二度とやりません。ありがたいことに、妹のつれあいが数年前にあとを継いでくれましたから」

「カレンは結婚したのね?」ジュディスは思わず尋ねた。

　アレックスは彼女を見上げ、その言葉に何か違和感を覚えたのか、一瞬、目を曇らせた。

「ああ」と彼は答えた。「男の子ふたり、女の子ひとりの母親になった」そこで、少し首を傾ける。「カレンの話を君にしたことがあったかな?」

「サイモンから聞いていたのよ」ジュディスはとっさにそれしか言い訳を思いつかなかった。「たしか……昨日の夜、その話をしたでしょう?」

　あのときアレックスはずいぶん不愉快そうにしていた。サイモンが罪のない娘たちを誘惑しても、私がそれに目をつぶっていたと本当に思ったのだろう。だから私を浮気な女だと決めつけ、サイモンとは互いに束縛し合わない開かれた結婚をするつもりだと思ったのかもしれない。けれど私がサイモンと深い関係になっていないとわかった今、彼はどう思っているのだろう?

「でも、僕はてっきり……」アレックスはそこで口をつぐみ、顔をしかめた。

「なんなの？」ジュディスが尋ねる。

アレックスは顔にかかった髪を後ろにかき上げた。額に玉のような汗が光っている。

「なんでもない」彼はつぶやいた。「上着を脱いでもかまわないかな。なんだか暑くて」

「もちろんだとも。でも食堂はこの部屋ほど暑くないよ」レイモンドは言った。「ちょっとミセス・コブの夕食の支度を見に行ってくる」

アレックスが立ち上がって上着を脱ぐのを、ジュディスは座ったまま眺めた。喉がからからに渇いている。今さらアレックスのたくましい体つきを思い出させてもらう必要はないのに。明日になれば、彼はまた私の人生から出ていき、私はレイモンドとの結婚に向けて準備をするのだから。今になってそれを覆そうだなんて、考えるだけでもばかげているわ。アレックスと愛を伝え合い、すべてがうまくいくと思うなんてあまりにも愚かしい。

アレックスからは、もう愛していないとはっきり言われた。私の彼への気持は……。

アレックスを見たとき感じたものは、絶対に愛ではなかった。あの夜、サイモンの家の庭で感じたものは……昨夜、彼の腕に抱かれて感じたものは……。

あれは性欲だ。

子供じみた真似《まね》はよしなさい、ジュディス。良識の声が言った。彼にかまうのはやめなさい。

「話をしてくれよ、ジュディス」暖炉の前に立ったアレックスがもどかしげに言った。

ジュディスはため息を抑えて、彼から目をそらした。「私たちのあいだに話すことなんかあるのかしら？」

「どうだろう」アレックスはつぶやいた。

「あなたはさっき言えることはすべて言ったじゃないの」

「もしかすると僕は間違っていたかもしれない」

「たぶんね」先ほどの彼の憶測を思い出して、怒りのあまり口の中が苦くなった。「あなたは事実しか信じないと言ったわね、アレックス。それなら言わせてもらうけど、あなたと会ったとき、私はバージンだったし、今でもそうよ。あなたの想像していた私と一致するかしら?」

「よくわかったよ、ジュディス」

ジュディスは驚いて彼を見た。だが、その目つきはふたたび険悪なものになっていた。さっき信じかけてくれたのはなんだったの? 彼の表情を読み違えていたのかしら?

「君のような女性のことは聞いたことがある。〝銀行家〟と呼ばれていて、適当な投資の対象が見つかるまでバージンをとっておいて、ここぞというときに使うそうだ。サイモンなら、浮気に目をつぶってくれるバージンの花嫁には魅力を感じただろうな。そして今度のいとしい年上のレイモンドは、あまり経験豊富でない花嫁のほうがベッドでいろいろと比較されずにすむからいいと思ったかもしれない」

ジュディスはただ首を振るばかりだった。アレックスの勝手な想像はとどまることを知らないのかしら?

「それじゃ、僕はいったいなんだろうね」アレックスは悲しげに言った。「君の弱点かな? あの夜、君は本当に自分をコントロールできなくなったのか? それとも、たまった欲望を発散する独創的な方法を考え出していて、君はバージンのままでも満足を得られるのか?」

「あなたは病気よ。自分で気がついていないの?」

ジュディスが立ち去ろうとすると、その手首をアレックスがぐいとつかんで引き止め、向き直らせた。

「確かに君の言うとおり、僕は病気だ。今日は朝からずっと具合が悪い。ホテルの部屋に戻って、アスピリンを飲んで、体を暖めたほうがいいんだろうけど、今夜はどうしても来なければならなかった。君にもう一度会うためにね。君をあきらめるしかないと自分に言い聞かせたけれど、どうしても納得できなかったんだ」

アレックスはジュディスの肩に手を置き、胸元に引き寄せた。

「君が欲しい、ジュディス。そのためだったらなんだってする。レイモンドとの婚約を破棄して、今夜僕についてきてくれたら、明日の朝、君の銀行口座に五百万ドルを振り込んでもいい」

ジュディスは目をまるくした。

「考えてみてくれ。五百万ドルだ。君のような女性には、それ以上望めない金額だろう？」

それ以上望めない……？　ジュディスの目に涙があふれる。またしても誘惑された。アレックスと、彼の魂をときとして占領する悪魔によって。でも、今度ばかりは悪魔に勝たせるわけにはいかない。

ジュディスは涙を振り払い、厳しい表情で彼に言った。「あなたはまだ勘違いしているわ。七年前、私があなたから離れたのは、お金のせいじゃなくて、恥じ知らずになりたくなかったからよ。それに私がレイモンドにひかれたのは、彼が礼儀正しい人だからなの。それなのにあなたは何もわかろうとしない。あなたはあわれな人ね」

だが、ジュディスはそれ以上に自分があわれに思えた。私はもうすっかりアレックスの虜《とりこ》になっている。彼がいなくなっても、この思いが消えることはないだろう。レイモンドとの関係や、将来の幸せにもきっと影を落とすにちがいない。

この結婚をするわけにはいかない。このままではレイモンドに申し訳ない。彼は、別の男に思いを寄せる妻をもらうほどの悪さは何もしていないのだから。

レイモンドに話そう。明日か、明後日には。勇気を奮い起こせたらすぐにも……。

夕食は惨憺《さんたん》たるものだった。ジュディスは黙り込んだかと思うと、質問を聞いていないで的はずれな答えをしてしまったり、その繰り返しだった。とにかく何も考えずに機械的に料理を口に運ぶだけで、ワインにはほとんど手をつけなかった。

アレックスが何度か目を合わせようとしてきたが、ジュディスは強硬にそれを拒んだ。先ほどアレックスをあわれむような表情で見たので、あきらかに彼は当惑している。私に対する考えを再度改めようという気になったのだろうか。けれどこれ以上アレックスとかかわって、危険を冒したくない。彼のものの見方はあまりにも歪《ゆが》んでいるし、私も彼のこととなると、あまりにも弱さをさらけ出してしまう。

アレックスを見ないようにするのは容易なことではなかった。居間に戻り、火の落ちた暖炉の前でポートワインが出されたころには、ジュディスは疲れきっていた。

「なんだか眠そうだね」眠気を誘う赤い残り火をぼんやり見つめていたジュディスは、レイモンドの声に頭を上げた。

それがアレックスに向けられた言葉だと知って、ジュディスは驚いた。先ほどの言葉どおり、アレックスは本当に具合が悪そうだった。

目の下に隈《くま》ができ、頬がげっそりしている。額にも玉のような汗が噴き出していて、頬が熱っぽく紅潮している。すでに暖炉の火は消え、部屋には心地よいぬくもりが残っているだけだった。

「じつは気分がよくないんです」と、アレックスは言った。看護婦として見たところ、彼はかなり具合が悪そうだ。

天性の思いやりの心が目覚めかけたが、ジュディスはそれを押しとどめた。彼は同情に値しない人間だ。この数年のうちにすっかり堕落して、欲しいものはお金を出せば手に入れられると思い込んでいる。彼にはもう人は愛せない。あるのは欲望だけ。非情な彼は女性の敵だ。あわれみなんか必要ない。病気にしたって、身から出た錆《さび》というものだ。

「流感かもしれないな」レイモンドが言った。「今年の風邪は、かかると急に悪化するらしい。どうかな、ジュディス？　君は看護婦だろう？」

「一刻も早く帰って、ベッドに入ったほうがいいわ」

「まさにそのとおりだ」レイモンドが同意した。「タクシーを呼んでこよう」

「私も寝室にさがらせてもらうわ」アレックスとふたりきりにならないようジュディスも立ち上がった。「おやすみなさい、アレックス。お会いできてよかったわ」またも私の幸せをぶち壊しにしてくれたけどね、とジュディスは心の中でつけ加えた。もう二度とあなたを許さないわ。

「さようなら、ジュディス。幸せになれよ」

アレックスのその声には驚くほど誠意が感じられた。思わず彼の顔を見たジュディスは、胸が締めつけられた。アレックスの目には後悔の念がはっきりと表れている。けれど何を後悔しているのか、わからない。きっとバージンの女を抱けないとわかったからにちがいないわ。

ジュディスは彼に背を向け、足早に階段を上がり、部屋に逃げ込んだ。

十分後、ベッドの上に横たわり、パンダのピーターを抱き締めながら、ジュディスは自己憐憫《れんびん》の涙を懸命にこらえていた。そのとき、レイモンドの呼ぶ声がした。ジュディスはピーターを置いて、急いで廊下に出た。

「ジュディス！」階下からまたレイモンドの声がする。

「今、行くわ！」ジュディスはそう答えて走り出した。いったい何があったの？　レイモンドの声はパニックを起こしているみたいに聞こえた。

階段から下を見てジュディスは驚いた。アレックスが階段の一段目に膝をついて、手すりにしがみついている。ジュディスが息をのむのを聞いて、アレックスは操り人形のように頭を上げた。だがそれもつかのま、そのまま崩れるように倒れ込み、手が手すりから離れた。もんどりうって倒れた彼は、大理石の玄関ホールの床に思いきり頭を打ちつけた。

ジュディスは急いで階段を駆け下りた。心配で心臓がどきどきしている。「いったいどうしたの？」かがんでアレックスの後頭部の様子を見てから、脈をとった。こぶはできていなかったが、脈が少し乱れている。

「タクシーを待っていたら、彼が震え出して。あまり具合が悪そうだったんで、泊まっていくように勧めたんだ。ここなら君に看病してもらえるから」

ジュディスは驚いた顔をレイモンドに向けた。

「君が彼をよく思ってないのは知ってるけど、君は看護婦だろう？」レイモンドは厳しい口調で言った。「病気の彼をホテルの部屋にひとりきりにするなんて、僕にはできない」

ジュディスはあきらめたようにため息をついた。

「そうね」

「二階に連れていこうとしたら、突然倒れたんだ。もうびっくりしたよ。助け起こそうにも、鉛のように重くて。ミセス・コブも呼んできて、三人で彼を二階に運ぼう。それからハリーに電話する」

ハリー・ラーソンは、ミセス・パスコールの主治医だ。彼を選んだのは地元で唯一往診に応じてくれるからだが、なかなか腕のいい、誠実な医師だ。

「少ししたら、自分で歩けるかもしれないわ。気を失ってるみたいだけど、ほら、気がついた」

「い……いったい、ど……どうしたんだ?」アレックスは声も体も震わせながら尋ねた。

「階段で倒れて気を失ったのよ」ジュディスがてきぱきと答えた。「私たちが手を貸したら、階段を上れそう?」

　アレックスはどんよりした目をジュディスからレイモンドへ移し、それからまた彼女に戻して言った。

「彼が僕に、と……泊まるよう勧めてくれて」

　ジュディスは心がなごんだ。アレックスはまるで母親に許しを請う怯《おび》えた少年のようだ。

「そうね」ジュディスはため息をついて、彼の額の汗をふいた。

　ふたたび彼が震え出した。早くベッドに移さなければいけない。大理石の床に寝かせていては体によくない。

「そっちの肩を支えて、レイモンド。さあ、彼を立ち上がらせるわよ。いい?　よいしょ!」

　ジュディスはだてに長年看護婦をしていたわけではなかった。体力には自信があったし、アレックスは意識があったので、ふたりで彼を支えて二階の来客用の寝室へ連れていった。シルクのキルトの上に座らせると、アレックスはうめきながら横向きにうずくまった。

「パジャマはあるかしら、レイモンド?」ジュディスはアレックスの靴を脱がせ、脚をベッドに持ち上げた。「汗でぐっしょりになった服を脱がせないと」

「ミセス・コブにきいてこよう。その前に、ハリーに電話してくる。そのあいだに君は彼の服を脱がせて、キルトをかけてやってくれ」

　部屋を出ていきながら言ったので、レイモンドはジュディスの驚いた顔を見ていなかった。もちろん驚くようなことではなかったが、それでもジュディスはためらった。おかしいわ、今まで何百人という男性の服を脱がせているのに。

でも彼は別よ……。

ジュディスは深呼吸をして、心の中でナース・キャップをかぶり、作業にかかった。ひとりでやったにしてはうまくいった。アレックスの意識が朦朧《もうろう》としているので助かった。でも完璧《かんぺき》な男性美の持ち主だからといって、このような状態の彼を鑑賞しているわけにはいかない。

最後にぴったりとした白のブリーフだけにすると、視線をそらしながら、彼の体を転がして、暖かなキルトをかけてやった。

「ハリーはこちらに向かってる」レイモンドはフランネルの縞柄《しまがら》のパジャマを二つ持って部屋に戻ってきた。「ミセス・コブが新しいのをくれたんだ」

「今夜は必要ないかもしれない」ジュディスはアレックスがひどく汗をかいているのを見て、眉を寄せた。「体温が上がったり下がったりしているから」

「相当具合が悪そうだな。うつらないといいけど」

「私は風邪にも流感にもかからないわ」

「本当に？」

「あなたもよ」ジュディスは言った。

「若いときに全部やったからかな。たぶん免疫ができているんだろう。車の音がしたかな？　間違いない、車寄せにライトが見えた。ここにパジャマを置いていくよ。僕はハリーを出迎えに行ってくる」

ジュディスは壁際の整理だんすの上にパジャマを置いた。そしてアレックスの服をハンガーにかけ、汚れた靴下をバスルームの洗濯用のシュートに入れてから、靴をクロゼットの下にそろえて置いた。

来客用の寝室は広々としていた。室内は緑色とクリーム色でまとめられ、松材の家具が並んで、居心地のいい別荘ふうの部屋になっている。バスルームも広く、薄緑色に濃い緑の羊歯《しだ》の模様がついたタイルが一面に張られ、熱帯雨林を思わせた。唯一の欠点は、大きな出窓が通りに面していて、車の往来する音が聞こえることだった。とはいえ、パスコール邸が面しているのは大通りではないので、車の通りは少ない。

「新しい患者らしいね、ジュディス？」ラーソン医師が足早に部屋に入ってきた。レイモンドがあとに続く。ラーソンはおなかのせり出した小柄な人で、髪は白く、まだ五十五歳なのに六十でも通りそうだった。「さっそく診察してみようか」

ラーソンはつねに細心の注意を払い、時間をかけて診察を行った。アレックスの体温と脈拍を計り、目と耳を調べ、胸と背中に聴診器をあてる。アレックスはときおり意識が戻り、ラーソンと話をしたり、言われたとおりに深呼吸をしたりした。

「水を一杯持ってきてくれ」

ジュディスの持ってきた水で、ラーソンはアレックスに薬を飲ませ、注射をした。

まもなくアレックスは半昏睡《こんすい》状態に陥り、ベッドの上で何度も寝返りを打って、キルトを押しのけた。

「そのままでいい。熱いんだろう」ジュディスがキルトをかけ直そうとすると、ラーソンが止めた。

診察後、ラーソンはジュディスとレイモンドを廊下に連れ出した。

「インフルエンザのようだが、かなりの重症だ。ここ数カ月、患者が増えていてね。症状はさまざまで、咳《せき》や鼻水が出ない場合も多い。患者は脱力感、高熱、関節や筋肉の痛み、頭痛や幻覚を訴えている。彼には抗生物質と解熱剤を投与しておいたから、意識が戻ったら、この薬を二錠飲ませてやりなさい」ジュディスがうなずくと、ラーソンは次にレイモンドに言った。「もしジュディスのような優秀な看護婦がいなかったら、彼を入院させてたよ。でも立派な私立病院でも、一対一の看護は受けられないからね。ところで彼は誰なんだい？」

「ビジネス上の知人で、アレクサンダー・フェアチヤイルドといいます」レイモンドは答えた。

「ジュディス、もし彼の熱が上がるようだったら、スポンジに水を含ませて体をふいてやってくれ。すぐに体温を下げてやる必要がある。シャワーのほうがいいんだが、あの状態では今夜は無理だろう。明日の朝、病院に行く途中にまた寄るよ。八時半ごろになるが、どうだね?」

「助かります」レイモンドは言った。「私は出かけていますが、ジュディスがいますから」

ラーソンは顔をしかめた。「ジュディスは明日、患者とふたりきりなのかい? それは困ったな」

ジュディスもそう思った。けれどラーソンが違う意味で言っているのはわかっていた。

「ミセス・コブが来ますし、もし助けが必要なら、掃除婦も来ますから」ジュディスは答えた。

レイモンドはラーソンを階下まで送っていった。たんすの横のデジタル時計は十一時十五分を示している。今日は、すでに充分長くて、疲れる一日だった。それなのに今夜はほとんど一睡もできないだろう。レイモンドはそんなことは考えてもくれないようだけれど。

それでも不思議な興奮がジュディスの血管を駆け抜け、ここ何年も感じることのなかった生気が体にみなぎった。

ジュディスはベッドのそばに歩み寄り、アレックスを見下ろした。大きなベッドに裸同然の格好で横たわった彼は、なんて無防備に見えるのかしら。アレックスが何かうわごとをつぶやいたので、ジュディスはかがんで彼の唇に耳を近づけた。

すると、また喉からかすれた声がもれた。「ジュディス……」

打ちすえられたかのように、ジュディスは顔を上げた。彼の目は閉じられたままなので、私が部屋にいることには気づきもしないだろう。

問題は、彼が部屋にいるのを私が意識しすぎていることだ。ジュディスは、彼のことを考えるたびによみがえってくる思い出や感情を締め出そうとした。だが、それは暑い夏の日から太陽を締め出そうとするようなものだった。

いつしかジュディスの呼吸は速くなり、口も唇もからからになった。いらだたしげに唇をなめる。

「ジュディス！」そのとき、アレックスが突然叫んだ。その声にジュディスは魂を揺さぶられた。

思わず体をかがめて、自分のではなく、彼の唇を舌で湿した。

その瞬間、アレックスはぱちっと目を開けて、ジュディスをとらえた。ジュディスは驚きと恥ずかしさから、息をのんだ。けれども彼の目にはあざけりも軽蔑もなかった。ただ安堵《あんど》と、愛のようなものが映っていた。

「ジュディス」アレックスは片方の手を上げてジュディスの頬に触れた。やがてその手はすとんと落ち、まぶたも閉じられた。パニックに襲われながらジュディスは彼の脈を探った。やや不規則ながらも、しっかりとしている。彼は眠っただけだった。

アレックスは朝になっても私のしたことを覚えているかしら？　もし覚えていたらどうしよう？

動揺しながら、ジュディスはミセス・パスコールが使っていたバスルームに向かった。そして、長い夜に備えて、必要になるかもしれないものをあれこれと手に取った。

8

レイモンドが寝室へ行ってしまうと、アレックスの状態が落ち着いたころを見計らって、ジュディスはシャワーを浴びに自分の部屋へ帰った。そして、暖かい栗《くり》色のトレーナーの上下に着替えて、スリッパをはいた。真冬に徹夜で患者を看病するのにふさわしい服装が必要だった。来客用の寝室の暖房はセントラルヒーティングだったが、アレックスの熱が高いため、部屋が暖かくなりすぎるのが心配でつけられないのだ。

ジュディスとしては、スポンジで体をふく必要に迫られるのだけはどうしても避けたかった。

アレックスのところに戻ると、ベッドから遠い、隅にある座り心地のよい肘掛け椅子に腰を落ち着けた。椅子の後ろの読書用のスタンドをつけ、読みかけの本を開く。先ほど不謹慎な行為に走ってしまったのを反省し、誘惑に負けないようアレックスから身を遠ざけたのだ。だが、彼の顔色や状態がそこからでも見えるように、ベッド脇《わき》のスタンドのひとつをつけたままにした。

本は、アイルランドを舞台したロマンティックな大河小説だった。さいわいにも、おもしろい本だったので、ジュディスはこの悲惨な状況に対する不安もすぐに忘れ、小説の世界に慰めを見出《みいだ》した。

二時近くになって、ベッドでうめき声がした。ジュディスはすばやく視線を上げた。心臓がどきどきいっている。しかし、すぐには立ち上がらなかった。まもなくアレックスがまた寝返りを打ち、苦しそうなうめき声をあげた。

ジュディスは意を決して立ち上がると、彼のそばに寄り、かすかに震える手を額にあてた。たいへんだ、熱が上がっている。

　考えたり、ためらったりしている時間はなかった。キルトをかけ直すと、急いでバスルームに向かい、用意しておいた洗面器にスポンジを入れて、ぬるま湯を注いだ。分厚いクリーム色のタオルを肩にかけて部屋に戻り、スポンジで体をふく準備をてきぱきと進める。そしてためらいもせずに、熱を帯びた彼の体からブリーフを脱がせた。緊急事態に直面して、ジュディスは看護婦の顔になっていた。

　四苦八苦しながらアレックスの体の下にタオルを敷く。「さあ、大丈夫よ。アレックス」ジュディスはまず顔の汗をスポンジでぬぐい、汗に濡《ぬ》れた髪を後ろへ撫《な》でつけた。アレックスが頭を左右に振りながら何事かつぶやく。ジュディスはそれがののしりの言葉とわかって、思わず苦笑した。

　スポンジで首、肩、胸、腕と上から下に順を追ってふいていく。そのあいだ、奇妙なほど超然とした目で、アレックスの体を観察していた。彼は男性的な体つきをしており、たくましくなるために何時間もダンベルで筋肉を鍛えたりする必要はなさそうだった。ただ形のいい、力強い筋肉がついているから、きっと何か運動はしているのだろう。腹部はとても引き締まっていて、男らしい黒っぽいカールした胸毛が下まで伸びている。

　スポンジにそって視線を動かしていたが、ジュディスは突然、冷静ではいられなくなった。喉がからからになる。アレックスの体はよく日焼けしていて、ブリーフ型の水着の部分だけ青白く残っていた。唇を噛《か》みながら、その部分をスポンジでぬぐいはじめると、ためらいがちなその動きに、彼の体が突然の反応を示した。

「いやだ、やめてよ……」ジュディスはあえいだ。彼の突然の興奮を目のあたりにして、胃がぎゅっと縮む。思わず手に力が入り、その拍子にスポンジの水がアレックスの体に飛び散った。ジュディスがあわててアレックスの顔を見ると、彼はまばたきしてぼんやりと目を開けた。

　完全に目覚めたわけではなく、夢遊病患者のような目つきだった。アレックスはジュディスには気づいていなかった。

　彼女はどうすればいいのかわからず、体を凍りつかせていた。だが、どうするか決める必要はなかった。彼が決めてくれたからだ。アレックスは大きな手でジュディスの手を探りあてると、その上に重ねて体に押しつけた。

　彼が喜びの声をあげるのを聞いて、ジュディスは、一瞬、良心が揺らいだ。アレックスの要望にこたえてあげたい。だが、昏睡《こんすい》状態に近い彼にキスをするのと――というより唇を舌で湿したのだが――そこまでするのとではまるで話が違う。もしそんなことをすれば、看護婦としての倫理にもとるばかりではない。もし彼が朝の冷たい光の中で何かを思い出したらどうすればいいかわからない。どんな顔をして顔を合わせればいいというのだ？

　アレックスがふたたび目を閉じた。スポンジで冷やされた彼の体は、徐々に熱が引いていく。だが、ジュディスの手を握った手は鋼鉄のようにびくともせず、指を一本ずつ開いていかなければならなかった。ジュディスは彼の手をベッドに戻してから、スポンジでふく作業を再開した。それ以降は、危険地帯にはあまり近づかないよう気を配った。

　ところが、今度はジュディスが興奮を抑えられなくなった。超然とした目を取り戻そうとどんなにあがいても、もうどうにもならなかった。欲望に火がつき、彼の熱く濡れた体にキスしたいという強烈な衝動がわき上がった。我慢しようとすると体に痛みを覚える。ジュディスは作業が終わるまで、その悪魔の誘惑と闘いつづけた。肌がひんやり感じられるようになると、アレックスはふたたび深い眠りに落ちた。

アレックスの体にシーツをかけているうちに、ついに誘惑は耐えがたいものになり、ジュディスはシーツを腰のあたりまで引き下ろした。顔を近づけ、震える唇を彼の胸に押しつける。やさしいけれど、激しく燃えるようなキスだった。肋骨から腹部へと順々に唇を這《は》わせるうちに、頭がくらくらしはじめた。その唇がシーツの縁まできたとき、アレックスがうめき声をあげたので、ジュディスは顔を上げた。

彼の目は、ありがたいことに閉じたままだった。だが、口が開き、息づかいが荒くなっている。眠っていても、キスは感じていたのだ。ジュディスはシーツの下はあえて見ないでおいた。想像しただけでも、興奮と動揺がないまぜになって胃が締めつけられるようだった。

ジュディスは逃げるように部屋の隅へ戻った。身を抱えるようにして肘掛け椅子にうずくまると、すすり泣きがもれないよう口にこぶしを押しあてた。アレックスは目を覚ましたときにすべてを覚えているかしら？　もしそうだったら、やっぱり思っていたとおりだという目で私を見るかしら？　バージンを守りながら、倒錯した性行為にふけるみだらな女だと？

そう考えただけで恐ろしくなり、屈辱を感じた。それでも体の熱は冷めない。ジュディスは、これほど肉体的なフラストレーションを感じたことは今までになかった。あのとき愚かな情熱に身を任せたという罪の意識が、ずっとジュディスの性衝動を抑えつけてきたのだ。あれ以来デートもせず、男性とつき合うこともしなかった。そうしたいとも思わなかった。

ジュディスはアレックスが欲しかった。耐えがたいほどの情熱を感じていた。

　レイモンドと結婚はしないと決めた以上、アレックスとそういうことになっても、裏切りにはならないはずだ。ただし自尊心への裏切りにはなる。そして、五百万ドルはもらえるのだ。

　こんなことを考えるなんて堕落してるわ！

　ジュディスは夜が明ける直前まで悩みつづけた。そして肘掛け椅子で浅い眠りに落ちるまで、エロティックな夢に悩まされていた。

「ジュディス」

　ジュディスはその声に驚いて声をあげ、目を覚ました。見ると、ビジネススーツ姿のレイモンドが肩口に立っていた。

「僕は会社に行くから。昨夜《ゆうべ》はどんな様子だった？　アレックスが起きているかと思って来てみたけど、まだ眠っているね」

　ジュディスは椅子から下りながら、感じている狼《ろう》狽《ばい》や罪の意識を顔に出さないように気をつけた。近くの窓から朝日が差し込み、デジタル時計は七時四十分を示している。

「彼は一度だけ目を覚ましたわ」ジュディスは早口に言った。「スポンジで体をふいてあげたら、また眠ってしまったけれど」嘘《うそ》つき！　どうして本当のことを言わないの？　それに、どうしてレイモンドに結婚できないと言わないの？

　アレックスの言ったとおり、あなたはいくじなしよ。不都合な真実から逃げてばかりじゃない！

　でも、今は時期がよくないわ。ジュディスは悲嘆にくれた。今、真実を告げて、レイモンドを、そして自分自身を傷つけることなんてできない。

　いい時期なんてこないわよ。別のざらついた声が反論する。レイモンドに言うつもりなんてないんでしょう？　あなたはたぶんレイモンドを傷つけまいとして、彼と結婚するんだわ。そしてもっと彼を傷つけるのよ。あなた自身の幸せはどうなるの？　自分を犠牲にする優柔不断なおばかさん、あなたは自分の欲しいものを手に入れなくてもいいの？

　もしもそれがあなたに悪影響を与えるものなら手に入れないほうがいいわ。第三の声が言った。常識の声だった。

　ジュディスは気持を落ち着かせ、皺《しわ》になった服を伸ばしながら、レイモンドを寝室の戸口まで送った。あえてベッドのほうは見なかった。「アレックスはすぐによくなると思うわ。体力があるから、二日ほど休養をとれば、元気になって帰れるんじゃないかしら」

「それはよかった。じゃあ、行ってくるよ、ジュディス。帰りは七時ごろになる」レイモンドはジュディスの頬にキスをして急ぎ足で出ていった。レイモンドは会社へ行くのが楽しいのだ。仕事が好きで、生きがいなのだ。

「ジュディス……？」

　ジュディスはその声に振り返った。たちまち心臓が高鳴る。ためらいがちな声としかめた顔を見て、アレックスが昨夜のことを何か覚えているのではと心配になった。

「おはよう」ジュディスは明るい声で挨拶《あいさつ》し、ベッドに近づいていった。「今朝はずいぶん顔色がいいわね。昨日の夜、インフルエンザと闘っていた人とは思えないくらい。八時半にお医者さまが来てくれるわ。昨夜遅く往診してくださったのよ、覚えてる？　ドクター・ハリー・ラーソンという、とてもいい先生よ」ぺらぺらとしゃべりすぎなのはわかっていたが、ジュディスはどうすることもできなかった。心臓が早鐘を打ち、頭はくらくらしている。

「ドクター・ラーソン？」アレックスは顔をしかめ、あたりを見まわした。「ええと、たしか……レイモンドが泊まっていくよう勧めてくれて……頭が混乱していて、そのあとのことは覚えていない。君とレイモンドが、僕を支えて階段を上らせてくれたんだっけ」

ジュディスはほっと胸を撫で下ろしたが、それをあまり表に出さないようにした。「そうよ。あなたが階段の一段目で倒れてしまったから」

彼の目つきが突然鋭くなった。「僕の服は君が脱がせてくれたのか？」

「レイモンドも手伝ってくれたわ」ジュディスは嘘をついた。

「でも、ひと晩じゅう、君はこの部屋にいて、僕の看病をしてくれたんだね。一度目を覚ましたとき、君が向こうの椅子でうたた寝しているのを見た覚えがある。空がちょうど白みかけているころだった」

「あなたはとても具合が悪かったから、看病する人間が必要だったの。高熱にうなされていたんだから」

「僕の看病をしてくれるなんてご親切に。でも、どうしてそんなことをしたんだ？　もし僕が君だったら、放《ほう》っておいたと思うけど」

「私は看護婦なの」

「ふうん」納得していない様子だ。

「何をするつもり？」アレックスが足を床に下ろしてベッドに座ったのを見て、ジュディスは驚いて言った。キルトが滑り落ちて、裸の上半身があらわになった。

「シャワーを浴びてきたい。僕は……」アレックスは突然口をつぐむと、眉を寄せ、目に困惑の色を浮かべた。そのまなざしはキルトの下に隠された下半身に向けられていたが、やがてゆっくりとジュディスに据えられた。「夜中に僕の体をふいてくれた？　てっきり夢かと思っていた。何か濡れた冷たいもので、体を撫でられたのをぼんやりと覚えている」

どう答えよう？　もし認めたら、彼はそれ以上のことも思い出してしまうかしら？　それなら夢だと思っていてくれたほうがいいかもしれない。いいえ、だめよ。あとになってもっと記憶がはっきりするかもしれない。そうなったら、絶体絶命よ。

「ええ。スポンジであなたの体をふいたの。高熱にうなされていたから、体温を急いで下げる必要があったのよ」

「ふうん。意識が半分なくて残念だったな。でも、気持がよかったって、潜在意識が教えてくれている。目を覚ましたから、もう一度やってくれないか？」

　アレックスが覚えているのはそれだけだった。ほっとしたあまり、ジュディスは急に厳しい口調で言った。

「いいかげんにして！　私は朝食を頼みに行ってくるわ。それと替えのシーツも取ってくるわね。そのあいだに、あなたはシャワーを浴びて、そこのパジャマを着ていて。体が衰弱しているから、シャワーは手短にね。診察がすんだら、髭《ひげ》を剃《そ》ってあげてもいいわよ」

　アレックスは不精髭を撫でた。それがまた魅力的で、粗削りでハンサムな顔がいちだんと際立つ。そこはかとなく悪の魅力が漂い、このうえなく男らしく見えた。日焼けした肌とシーツの冷ややかなクリーム色が好対照だ。

「ちょっと待って！」ジュディスは彼がキルトをはねのけようとしたので、あわてて止めた。

「何を？」

「私が部屋を出ていってからにして！」

　アレックスはジュディスの剣幕に驚き、それからおもしろがった。「全裸の僕を見るのが耐えられないって言ってるのか、ジュディス？」

「好きなように解釈して」彼を無視して早く部屋を出てしまえばよかった、とジュディスは思った。

「昨夜は君が体をふいてくれたのに？」

罪の意識でジュディスは頬が熱くなり、いっそういらだちがつのった。「それはまた別の話よ」

「でも、君は僕の体じゅうをふいてくれたんだろう？　僕は気持よさそうにしてた？」突然、彼の目が輝いた。「そうだ、思い出した。気持よかったんだ」

　ジュディスは冷静に答えようと努めた。「男性は、眠っているときも体は敏感だから。みんな同じよ」

「それならなぜ君は今、僕の裸を見るのを恐れているんだ？」

「私はあなたが恥ずかしいんじゃないかと思ったのよ。私じゃなくてね」

「それだったら心配にはおよばない。裸を見られたって、恥ずかしくもなんともないから」アレックスはキルトをはねのけて立ち上がった。だがそのとたん、よろけてまたベッドに座り込んでしまった。

「まいったね。君の言うとおり、体がふらふらだ」

アレックスは自嘲《じちょう》するような笑みを浮かべて言った。「バスルームまで肩を貸してもらえないかな？」

「しばらくそのまま休んでから、もう一度やってみたらどう？　すぐに立てるようになるわよ。そんな大きなたくましい体をしているんだから」

　ジュディスは足早に部屋を出た。頭に血が上っている。私に裸を見せびらかすなんて、どういうつもりなのかしら？　彼は堕落しているだけではなくて、悪魔の化身よ。いつだって私を誘惑し、苦しめる。昨夜の謝り方だってひどいものだった。おまけに、信じられないほどタイミング悪く病気で倒れて、誘惑が手の届くところにきたのをいいことに、また誘惑する癖を復活させたらしい。

　なんという運命のいたずらなのかしら！

　ジュディスは階段を駆け下り、キッチンに向かった。この怒りをミセス・コブに気づかれないようにしなくては。

　レイモンドが朝食を頼んでおいてくれたので、ミセス・コブはアレックスの様子をよく把握していた。彼女はアレックスに同情し、めんどりのような世話好きの性格をいかんなく発揮して、さっそく朝食をトレイに並べはじめた。ミセス・コブは、昨夜アレックスに夕食を絶賛されたので、好印象を持っているのだ。

　ジュディスは、そんなにたくさん朝食を用意してもアレックスは半分も食べられないと教えてあげたい誘惑にかられたが、もちろんそんな残酷なことはしなかった。代わりに替えのシーツを捜しに行った。

　緑色のシーツをたくさん腕に抱えてアレックスの部屋に戻ると、彼はジュディスが眠っていた肘掛け椅子に身を沈めていた。髪が濡れているということは、本当にシャワーを浴びたのだ。

　アレックスったら、半分だけしか言うことをきかないんだから。ジュディスは苦笑した。彼は紺と白の縞柄《しまがら》のパジャマのズボンをはいていたが、困ったことに上半身は裸のままだった。しかもズボンのひもを、細い腰のあぶなっかしいほど低い位置で結んでいる。

　彼は少なくとも衰弱しているように見えた。衰弱した男性患者は、めったに女性の物理的なさまたげにはならないと、ジュディスは見習い時代に学んでいた。だが、アレックスは違う。

　でも、問題なのはアレックスの存在だけじゃないでしょう、と意地悪な声が言った。本当に心配しなければならないのは、あなたの欲望よ。彼を見て楽しんでいるあなたのその目つきよ！

　アレックスが目を閉じていたのはありがたいことだった。ジュディスは急いで心を落ち着けた。咳払《せきばら》いをしてから、足早に部屋の中を横切り、ベッドのシーツをはずしはじめる。ジュディスは、彼が半分ほど目を開けて、自分を観察しはじめた瞬間を本能的に察知した。うなじの毛が逆立つ。

「シャワーでずいぶん疲れたようね」

ベッドメイキングをすませても、まだアレックスが口をきかないのでジュディスは声をかけた。洗いたてのカバーをつけた枕《まくら》をぱんぱんたたき、ベッドに置く。するとサンドバッグをたたいたようで、気分がすっきりした。

「私はもうあなたのたわごとには我慢できないの。侮辱も許せない。レイモンドは親切心から私にあなたの看病を言いつけたけど、私が承知したのは看病だけですからね。あなたも礼儀をわきまえているなら、もう人をうんざりさせるようなことは言い出さないで。私はあの夜の続きをするつもりはないの。私はあなたが考えているような女じゃないわ。お金目当てでサイモンやレイモンドと結婚しようと思ったわけじゃないのよ」

もうレイモンドと結婚するつもりはないので、その言葉には嘘も偽りもなかった。

「君が本気でそんなことを言ってるらしいのはわかってるよ、ジュディス」アレックスは弱々しくため息をついた。「君は勘違いをしている。でも、これ以上議論する体力が今の僕にはない。時間をくれないか。またこうして運命が僕たちを引き合わせてくれたからには、僕は君をあきらめるつもりはないし、このいんちきな結婚を認めるわけにもいかない。僕はレイモンドが気に入っているから気の毒でね」そこで、意地悪く笑った。

「レイモンドが気に入ったですって？　それなのに、彼の婚約者をあなたはまた誘惑しようというの？」

レイモンドとの婚約は絶対に破棄しないわ。アレックスがここから出ていくまでは。そうしないと、彼に襲われても身を守るものがなくなってしまう。何ひとつ！

「それは逆じゃないのかな？」アレックスはあざけ

るように言った。「君は誘惑の達人だからね。シャワーを浴びたら頭がすっきりして、昨夜のことをはっきり思い出したんだ。君の愛撫《あいぶ》はすばらしいよ。唇の感触もね」

ジュディスは恥ずかしさに首から頬まで真っ赤になった。

「あなたって最低ね」さいわいなのは、私が感じているのが屈辱ではなく、単なる恥ずかしさだとアレックスが思っているらしい点だ。

「君には先見の明が欠けてるよ。君は間違った男を選ぼうとしている。レイモンドは僕より十五歳も年上で、男盛りを過ぎている。君は何年もセックスを我慢したりするから、いざ本番というときにおかしなことを考えるんだよ。少なくとも僕と一緒になれば、マリオのような輩《やから》に満足させてもらおうなんて考えなくてもすむ」

ジュディスはその言葉を聞いて体をこわばらせた。彼に不快感と嫌悪感をぶつけて反論できたらいいのに。でも、できない。頭の中に浮かんだのは、アレックスと自分が裸でベッドにいる光景だった。アレックスに何度も愛され、次には自ら彼に好きなことをしてあげている場面だった。

ああ、もう最低……。

「あなたは人からいやな人間だと言われたことはないの?」ジュディスは声を震わせながら言った。

「ああ、億万長者になってからはね」

ジュディスは彼を見つめた。私をつねに最悪の見方でしか見られない原因はそれだろうか。アレックスはこの数年でひどくシニカルになった。とくに女性に関してはそうだ。もしかすると私に対する侮辱は、個人的なものだけではないのかもしれない。アレックスは、全女性の罪を私ひとりに押しつけて罰しているのだ。

でも、いくら彼の行動が理解できるからといって、それを許すわけにはいかない。

「あなたはかわいそうな人ね、アレックス。あなたは、女性が欲しがるのは、お金とセックスだけだと思ってるんでしょう。でも、それは間違いよ。やさしさや思いやりを大切にする女性だって大勢いるわ。それに古きよき愛も。愛がなければ、お金やセックスだけあっても幸せじゃないのよ。正直に話すけれど、私はかつてあなたを愛していて、あなたが欲しくてたまらなかった。残念ながらその欲望がまだ残っていて、どうにもできずにいるけれど、今はあなたを愛していないし、いくらお金を積まれようとあなたと駈《か》け落《お》ちするつもりもないの。わかってもらえたかしら？」

「ああ、はっきりとね。君の考え方はわかったけど、現実と食い違っているじゃないか。君は、本当にベッドをともにしたいと思っている男とベッドに行くより、合法的な売春で自分をレイモンドに売ったほうが尊いと思ってるんじゃないのか？　やさしさとか思いやりが大切だと言うけれど、僕の見たところ、レイモンドは君にそんなものを示しているようには見えないな。はっきりいってその点はサイモンのほうが勝ってたね」

「サイモンのことは持ち出さないで！」ジュディスは叫んだ。

「どうしてだい、ジュディス？　彼のせいで君の寿命が縮んだのに。君は愛だの礼儀だのと言っているけれど、今レイモンドを愛していないように、サイモンのことも愛していなかったんだよ。もしサイモンを愛していたら、七年前、バージンで結婚式を挙げようとするはずがない。サイモンがそれをどんなに刺激的だと感じたか想像はつくけど、彼はセックスなしでは生きられない男だ。君だってそれを知ってたんだろう？　君は、彼がひそかに愛人をつくっているのをずっと見て見ぬふりをしていたんだ」

アレックスは部屋の隅から痛烈な非難を込めて、ジュディスをにらみつけた。

「僕を愛してしまうなんて、君には計算外のことだったかもしれない。君は僕をペスト菌みたいに避けていたよね。だけど僕たちの情熱は、自分たちでは手に負えないものになってしまっていた。あの夜だって、僕たちがただ一緒にしゃべっているあいだに、サイモンは近所の四十歳の人妻と浮気してたんだ。君がそれを知っていたという事実を、僕はまだ受け入れられないよ。あまりにも汚らわしすぎる」

それを聞いたとたん、ジュディスの顔から血の気がすっと引いた。寒気と吐き気とめまいに一度に襲われた。

「嘘よ！」ジュディスは首を激しく振りながら、声をからして叫んだ。「そんなの、嘘にきまってるわ。彼はそんなことしてない。するもんですか。できるはずないわ」ジュディスはあとずさりしながら、部屋を出ていこうとした。

ちょうどそこへミセス・コブが朝食のトレイを運んできて、ジュディスはぶつかってしまった。

9

「危ない！」ミセス・コブが叫んだ。

ジュディスはかろうじてオレンジジュースがこぼれるのを防いだ。「ごめんなさい。私……後ろを見ていなくて」

「いいのよ。ところで、今朝の患者さんの具合はどう？」ミセス・コブはアレックスのほうを見た。彼はずっと黙り込んだまま椅子に座っている。「少しやつれたようね。そんなところで何をしてらっしゃるんですか？　そんな格好で寒くありませんか？」

「寒い？」アレックスはうつろに答えた。

ジュディスはすっかり打ちひしがれていた。アレックスの言ったことが信じられなかった。だが、彼が嘘《うそ》をつく理由もない。サイモンが自分よりもひどい裏切り行為をしていたと思うと、この七年間、罪の意識に悩まされていたのがばかばかしく思えた。少なくとも、私の場合は初めからその気があってあなったわけではないのに、サイモンはあの夜、年上の人妻と浮気していただなんて！

しかもアレックスの話しぶりでは、それが初めてではなさそうだった。サイモンに銀行の残業を理由にデートを断られた夜のことが次々に思い出される。幻滅の短剣がジュディスの心臓に深く突き刺さった。

サイモンが入院中で、彼と婚約した当日の夜の出来事もよみがえった。連絡を入れずに病室を訪ねると、男好きとして悪名高いピット看護婦が彼の部屋にいて、ベッドに身をかがめていた。あわててベッドを直すふりをしていたが、彼女は紅潮した顔で、後ろめたそうにあわてて病室を出ていった。サイモンは誘惑されそうになったと言っていたが、今考えれば真実はあきらかだ。

「ジュディス！」ミセス・コブが鋭い声で呼んだ。

「白昼夢にふけっていないで、アレックスをベッドに連れていくのに手を貸して。彼は歩くどころか、ひとりで立ち上がれないみたいだから」

ジュディスは不快な物思いから、現実に引き戻された。だが、アレックスの顔をまともに見ることができず、口実を見つけると、できるだけ早く部屋から廊下に出た。

ところが運の悪いことに、急ぎ足で近づいてくるのは、ほかでもないラーソン医師だった。

「階下《した》には誰もいないし、裏口も開いていたから、勝手に入らせてもらったよ」ラーソンは言った。

「今朝は患者の具合はどうかな？」

「ずいぶんよくなりました」ジュディスはてきぱきと答えた。習慣は簡単には消え去らない。ジュディスは医師から、常にまず看護婦として考え、行動するよう教えられてきていた……女性であることは二の次にして。「夜中に熱が上がったので、指示どおり体をふきました。その後はずいぶん落ち着いて、数時間眠りました」

「経過は順調のようだね」ラーソンはアレックスの部屋に向かって歩きつづけた。当然ジュディスもついてくるものと思っているようだった。心臓が痛いほどどきどきしはじめる。今、アレックスと顔を合わせたくない。平静を取り戻して考えをまとめる時間が欲しい。

ジュディスはドアの直前でとうとうパニックに陥り、足を止めた。

「私はここで失礼してもよろしいですか？」彼女は医師に言った。「しばらく横になりに行くところだったんです。とても疲れているものですから。ミセス・コブが、今アレックスに朝食をとらせていますから、何か指示がありましたら彼女にことづけてください。私は立っているのがやっとで、もう本当に行かないと」

ジュディスはラーソンの返事を待たずに踵《きびす》を返し、逃げるように部屋へ向かった。

三十分ほどベッドに横たわっていると、ドアをそっとノックする音がした。

「どうぞ」ジュディスは弱々しく答えた。

ミセス・コブがドアから顔をのぞかせた。「大丈夫なの、ジュディス？　ドクターが具合が悪そうにしていたと言うものだから、アレックスが自分の風邪がうつったのではないかと心配してたわよ」

「疲れただけよ」昨夜、私がほとんど一睡もしていないことに、誰も気がついてくれないの？

「それを聞いてほっとしたわ。結婚式の二週間前に、病気なんかされては困りますからね」

ジュディスはうめき声が出そうになるのを必死に抑えた。

「とにかく、患者さんは朝食をよく食べたし、ドクターも順調に回復しているとおっしゃっていましたよ」

「それはよかったわ」ジュディスはそっけなく言った。

その、気のない返事にミセス・コブは顔をしかめた。「あなたは本当に疲れているようね。薬はベティに取りに行ってもらいましょう。アレックスの世話は私に任せて、あなたは休んでなさいな」

「ベティ？　ああ……そういえば」ジュディスはベッドを下りて、ドレッサーからハンドバックを取り出すと、五十ドル札を出した。「これを金曜日のお給料と一緒にベティに渡して、今日はお休みを取るように言ってあげて。美容院にでも行きなさいって。掃除は私が昨日してしまったから。ベティにはレイモンドからのボーナスだと言っておいてね」

「それはいけないわ。ミスター・パスコールはそういうことはなさらないもの。あなたはやさしいのね、ジュディス」ミセス・コブは五十ドル札を受け取ると、それを折りたたんでエプロンのポケットにしまった。「それにとても思いやりがあるわ」

でも、愚か者なの。ジュディスはミセス・コブがいなくなると、そうつけ加えた。私はサイモンの愛を信じていた。心から信じていたのだ。

たぶん、人生や人間に対してシニカルなアレックスの見方は正しいのだろう。ジュディスはまた横になりながら思った。アレックスはあきらかに人間を堕落した存在と見ている。だから、私をあんな辛辣《しんらつ》な目で見るのだ。

ジュディスはすすり泣きをもらした。パンダのピーターに手を伸ばし、ぎゅっと抱き締める。そのとたん、涙があふれ出した。困惑と絶望の涙だった。そしていつのまにか、眠りに落ちていた。だが、頬の涙はしばらくしても消えなかった。

眠っているあいだも、潜在意識は起きていた。ジュディスは寝返りを打ち、ときどきうめいたり、混乱した言葉や名前をつぶやいた。午前中に部屋のドアが一度だけ開いて、そこからジュディスの苦しそうな眠りを見つめる人影があったが、彼女は知るよしもなかった。

アレックスは目を細くしてジュディスの部屋を見まわした。やさしい目をしたぬいぐるみたちが、こちらを見つめ返していた。彼は唇を引き結び、ぬいぐるみのパンダを抱き締めてベッドで眠るジュディスに視線を戻した。

「なんてことだ」アレックスはつぶやき、一瞬肩を落とした。だが、すぐに背中を伸ばして、厳しい目つきのまま、ゆっくりと廊下を戻っていった。

ジュディスははっとして目を覚まし、ドアが開いているのに気づいた。たしか閉めたはずだけど、ミセス・コブが開けたのかしら？　それともベティ？

違うわ、アレックスよ。

彼は何をしに来たのかしら？　本当に私がサイモンの裏切りを知らなかったのか確かめに来たの？

一瞬、希望に胸が高鳴ったが、すぐにそんなはずはないと打ち消した。たとえ話をしに来たところで、それで何かが変わるわけではない。もう彼は私を愛していないのだ。彼はかたくなで、シニカルで、非情な人間になってしまった。良心をなくし、心からの思いやりをなくして、ただ傲慢《ごうまん》に求めてくるだけ。

どうせ君は僕のものになるのだから……。アレックスはそう言っていた。でもその言葉には欲望があるばかりで、愛は存在していない。もし屈伏すれば、私は傷つくだろう。彼を近づけてはならない。アレックスは危険で破壊的な男だ。

でも……ああ、知らないうちに興奮してくる。

アレックスにだけは屈したくないと思ったが、ジュディスは男性が信用できないのと同様に自分自身も信用できなかった。レイモンドは善良で礼儀正しい人だ。それなのに私が欲しいのは、レイモンドではなく、美しく、悪の魅力が漂うアレックスなのだ。

「ああ、ピーター」ジュディスはぬいぐるみをさらに強く抱き締めた。「私はどうしたらいいの！」

ピーターの沈黙は不吉な警告だった。なんとしても勇気とプライドを持って意志の力を失わないようにしなければ。私を守ってくれるものはそれしかないのだから。

それなのに、これまでアレックスの前では、その三つともまったく頼りにならなかった。

「わかってるわよ」ジュディスはベッドから下りてため息をついた。「でも、なんとかやってみるわ」ドアを閉めに行き、ロックをした。「絶対に彼を近づけないわ。彼の世話はミセス・コブに任せるの。私はもうたくさん！」

10

「週末も泊まっていくようアレックスに言っておいたよ」その夜、客間で食前酒を飲みながら、レイモンドは、自分の部屋から下りてきたジュディスにそう言った。

ジュディスは手渡されたばかりのシェリーのグラスを握り締めた。「その必要はあるのかしら?」

「ミセス・コブの話では、まだかなり衰弱がひどいらしい。今夜もテーブルでは食事ができないそうだ。そんな男をホテルに送り返せると思うのか?」

「アレックスはなんて言ってるの?」ジュディスは決心を貫き、あれからアレックスには会いに行っていなかった。部屋にこもりきりで、眠っているふりをしていた。だがレイモンドが帰宅したので、思いきって部屋を出て階下に来たのだ。

「お言葉に甘えさせてもらうよ、と言っていた」

「長居すれば嫌われるのに……」ジュディスはつぶやいた。

レイモンドはくっくっと笑った。「君はまだ彼が好きになれないんだね? でもミセス・コブはご執心だったよ。ベティにテレビを運ばせていたからね。整理だんすの上に置かれたトレイは、マグカップやグラスでいっぱいだった。きっと彼女は一日じゅう階段を上り下りして、彼の欲しがりそうなものを運んでいたんだろうな」

ジュディスは不満げな声をもらした。もしアレックスに良識があるなら、今日はタクシーで帰るべきだったのに。この家に執拗《しつよう》に居座る理由はひとつしかない。アレックスはまだ、私をベッドに連れ込んで自分のものにするという復讐《ふくしゅう》の誓いをあきらめてはいないのだ。でも、私は彼のものになるつもりはない。いや、相手がほかの誰であろうと、たとえレイモンドであろうと、気持は同じだ。

「アレックスはあなたの親切に甘えすぎよ」ジュディスは言った。「ミセス・コブの母性本能にもね」

　レイモンドの苦笑にジュディスは眉を寄せた。

「何がおかしいの？」

「昨日の晩、マーガレットが電話で言っていたことを思い出したんだ。アレックスが病気になってこの家に泊まっていると話したときのね」

「マーガレットはなんて言ってたの？」

「君とアレックスは深い仲だから、彼の病気は君とふたりきりになるための口実だって。僕に、君たちふたりをよく見張って、恐るべき真実を自分の目で確かめろと言ったんだ」

　ジュディスは当惑した。これだから、今はまだレイモンドとの婚約を解消するわけにはいかない。このぶんだと彼もそのうち、マーガレットのくだらない嘘《うそ》を信じるようになってしまうだろう。レイモンドをそんなふうに傷つけるのだけは、良心が許さない。彼はサイモンとは違う。彼は礼儀をわきまえたいい人なのだから。

「マーガレットにも困ったものね」ジュディスはきっぱりと言った。「そんなのって……」

「あまりにもばかげてる、かい？」レイモンドがあとを引き取って言った。「わかってるよ。マーガレットには、君はアレックスに好意さえ持っていないと言っておくよ。でも、たぶん聞く耳を持たないだろうな。いったん何かに取りつかれると、マーガレットの心を変えるのは至難の業だから」

「マーガレットは私たちの仲を壊そうとしてばかりね」アレックスがいなくなったあと、レイモンドとの婚約を解消した理由のひとつにこれが使える、とジュディスは思った。「彼女はあなたの聞いていないところで、私にもいろいろと吹き込むのよ、もめ事を起こそうとしてね」

レイモンドはため息をついた。「僕からマーガレットに言っておこう」

「それで効果があると思う？」

「たぶんないだろうな」

電話が鳴った。目配せしてから、ジュディスは頭を振った。「きっとマーガレットよ」

レイモンドの顔がこわばった。薄い唇がいっそう薄くなる。「僕に任せてくれ」

レイモンドが電話に出るために行ってしまうと、ジュディスはひどく憂鬱《ゆううつ》な気分に襲われて暖炉の前の椅子に座った。憂鬱というのは奇妙な感情だ。ベッドに入って布団を頭からかぶってしまいたくなる。現在が耐えがたくなり、未来にも希望がなくなる。ジュディスはせいぜい食前酒を飲むくらいの気力しかわかなかった。

レイモンドは困ったような顔をして戻ってきた。

「マーガレットじゃなかったの？」ジュディスは尋ねた。

「ああ……マーガレットではなかった」

「それじゃ、誰だったの？」レイモンドは曖昧《あいまい》な答え方をするような人間ではないので、ジュディスは不思議に思った。「レイモンド？　何か困ったことでもあったの？　私で何か役に立つかしら？」

「えっ？　いや、ジュディス、君はいいんだ。会社の人間からで、工場でトラブルが起きたらしい。明日の朝いちばんに行って解決してこないと」

「まあ、レイモンド」ジュディスはうめいた。ミセス・コブは土曜は休みの日で、いつも夕方まで家を留守にする。一日じゅうアレックスとふたりきりで家にいるのだけは避けたい。「なるべく早く帰ってきてね」

「どのぐらいで帰れるかは、まだなんとも……」

「どんなトラブルが起きたの？」

「深刻な事態だよ」彼はつぶやいた。

「だから、何があったの？」

レイモンドはなんとも言えない目つきでジュディスを見た。ジュディスが彼のことをもっとよくわかっていたら、何か後ろめたいことがあるのだとすぐに気がついただろう。

「説明するのはむずかしいな。かなり込み入った事情でね。うまく解決できることを祈るだけだ。うまくいかなければ……」

「どうなるの？」

レイモンドは前かがみになってジュディスの頬にそっと手を置き、力なくほほ笑んだ。「君はやさしいね、ジュディス。君のことはとても気にかけているよ」

「私もよ、レイモンド」自分でも驚いたことに、目に涙があふれた。

頬から手を離し、レイモンドはまた悩み事のある顔つきに戻った。「人生はむずかしいね。何もかも一度に手に入れることはできない」

「なんのことを言っているの、レイモンド。お金のトラブルなの？」

「まさか！　どうしてそう思うんだ？」

「工場でトラブルがあったと言うから」

「いや、金のトラブルじゃない」レイモンドはウイスキーをひと口飲み、突然いつも以上に厳しい表情になった。「従業員のひとりが残念なことをしたんだ。工場の主任なんだけど、在庫品を盗んで捕まったそうだ」

ジュディスはもっと深刻なことを想像していたので拍子抜けした。「警察に通報するの？」

「いいや。僕が解決するつもりだ。長年うちで働いてくれた、まじめな従業員だから。彼を失うのは本当に残念だよ」

レイモンドは心からそう思っているようだった。ひどく動揺していたし、夕食のあいだもずっと暗い雰囲気を引きずっていて、会話も散漫だった。デザートのあとで彼は、申し訳ないけどコーヒーは二階でアレックスと一緒に飲みたい、と言い出した。

「君も来ないか？」

ジュディスはためらったものの、肩をすくめて同意した。アレックスを避けてばかりいると不審に思われそうだったからだ。それにレイモンドが一緒にいてくれれば安心だろう。

十分後、ジュディスはアレックスの部屋にある肘掛け椅子に座り、コーヒーを飲んでいた。レイモンドはベッドの隅に腰をかけて、まだ青白い顔をしたアレックスにあれこれと助言している。

アレックスの不精髭《ひげ》は、ジュディスが剃《そ》ってやらなかったので、かなり伸びていた。髪にも寝癖がついている。縞柄《しまがら》のパジャマを着た姿は、まるで脱獄してきた囚人みたいだった。

あいにく、とてもセクシーな脱獄囚だけれど。

「明日は起きて、階下に行ってみてはどうかね」レイモンドは彼らしい気取った言い方で言った。「明日は晴れで湿度も低いらしい。冬の午前中の日差しがよく入るいい部屋があるんだ。そこでゆっくりブランチをとったらいい。そのあとで、ジュディスに僕の書斎を案内してもらったらどうだい？　それか、映画のビデオを借りてきてもらってもいいね。いい映画は僕たちも好きだよね、ジュディス？」

同意のしるしにほほ笑んだだけで、ジュディスは何も言わなかった。レイモンドがひと言の相談もなく自分に用事を言いつけるやり方にいらだっていた。彼に悪気はないのだが、やはり不愉快だ。とてもこれから一生我慢していけそうにはない。

「映画は好きかい、アレックス？」レイモンドが尋ねた。

「あまり見る時間がないんですよ」

「金を稼ぐのに忙しいんだろう？」

「まあ、そんなところです」

「君はどうやって不動産業者になったんだ？」

レイモンドがそう尋ねると、ジュディスは顔を上げた。アレックスが不動産業を始めたいきさつにとても興味があったのだが、今まで自分で尋ねる気にはなれなかったのだ。

「ジュディスから聞いた話だと、金融関係の仕事についてすぐにあきらめて農業を始めたそうだね。お父さんが事故にあったとかで」

「ええ。農業は経験が浅かったのでしばらくはたいへんでした。そんなある日、土地開発業者が来て、農場を全部買い取りたいと言ったんです。片側の隣の土地はすでに取得していて、カントリー・スタイルのリゾート地にしてゴルフ場も作る計画だと言いました。そこで、向こうが提示した価格に対して、それでは土地の半分しか譲れないとねばったら、天性の営業マンだと見込まれたんです。しばらくして、妹のカレンが反対側にある隣の農家の息子と結婚したのをきっかけに、農業から足を洗いました」

「君はずいぶん短期間で成功したんだね」レイモンドが言った。ジュディスも同じ意見だった。

アレックスは肩をすくめた。「幸運だったんでしょう。そのときの土地開発業者グレッグは、早いところ引退して自分の努力の成果を楽しみたいと考えていたんです。それで、後継者を探していて、僕に白羽の矢が立ったわけです。僕を気に入ってくれたようで。とにかく見習いから始めて、彼の右腕になって、五年後には共同経営者になっていました。グレッグは今は引退して、四人目になる二十五歳の新しい奥さんとモナコに住んでいます。彼には本当に世話になりました。知っていることをすべて僕に教えてくれました。飛行機を操縦することまでね」

いかにしてファーストクラスの客になるかも習ったんでしょう？　ジュディスはアレックスの話を聞きながら思った。お金を稼ぐのも速ければ、女性を変えるのも速い。彼はなんでもすることが速いのだ。アレックスが、瞬時に得られる満足と成功に慣れているのは間違いない。たとえ拒絶されても、あくまで挑戦しつづけ、あくまで売ろうとする。拒絶をあたかも征服しなければならない山のように考えているのだ。

「君の家族は、君を誇りに思っているだろうね」レイモンドが言った。

「家族は、もっと忙しくない仕事について、すてきな女性と結婚して、子供を六人はつくって落ち着いてほしいと思っていたんじゃないかと思います」アレックスはジュディスを見ながら言った。射るような目に見据えられて、ジュディスは視線をそらすことができなかった。「僕を受け入れてくれるすてきな女性が見つかれば、今からでも遅くはないでしょうけどね」

なんて厚かましいのかしら！　アレックスは私との結婚も、落ち着いて家族を持つことも望んでいるわけではないわ。彼が私に望むものはたったひとつ、結婚式で誓いの言葉を述べることではなく、私の口からこんな言葉を聞きたいだけなのだ――いいわ、アレックス、あなたの欲しいときにいつでも、なんなりと望みどおりにどうぞ。

アレックスやグレッグのような男が結婚するのは便宜上の理由だけだ。彼らは定期的に妻を替え、子供は単に不正利得の相続人だと考えている。死がふたりを分かつまでではなく、何度でも離婚を繰り返すのだ。

それがわかっていながら、ジュディスは自分以外はこの世に存在しないと言わんばかりに見つめてくれるアレックスの瞳に魅了されていた。

この瞬間は、彼もたぶん本当にそう信じているのだろう。アレックスは情熱的な男性だし、私が拒絶したのでいっそう情熱を燃え上がらせているのだ。今は、私こそが究極の挑戦の対象で、彼は勝つつもりでいる。顔つきも目つきもそれを物語っている。

だが、レイモンドは何も気づいていなかった。

「もし君が花嫁を決めるオーディションをやったら、一ブロックを取り囲むように女性の列ができるだろうね。もっとも、彼女たちの性格は保証できないが。富はときとして欲深い女たちを引きつける。君だから言うけど、私の妹もジゴロと結婚した」

「確かに、金持になるとトラブルも起きます。でも、意志あるところ道あり、と言いますからね。僕はかならずすてきな女性を妻にしてみせますよ」細められた目に、冷酷な決心が輝いていた。

アレックスは私と結婚するつもりなんだわ！　ジュディスは頭がくらくらした。

レイモンドはアレックスの肩をぽんとたたいた。

「がんばりたまえ。近ごろでは、ジュディスのように金に目がくらまない女性はめったにいない。母がちょっとした金をジュディスに遺《のこ》したんだが、彼女はそれを全部自分の母親にやってしまったんだ。僕が結婚を申し込む前のことだよ。まあ、ジュディスのような女性はまれだね」

「どうもそのようですね」アレックスはジュディスを見つめながら答えた。ジュディスは顔をそむけようとしたが、できなかった。

レイモンドはしばらくもの思いにふけっていたが、現実に戻ると咳払《せきばら》いをして立ち上がり、ジュディスを見た。彼女はあわてて視線を自分のコーヒーカップに戻した。

「今夜は早く寝るよ、ジュディス」レイモンドはそう言った。「いや、立たないでいいよ。もうしばらくここでアレックスとおしゃべりをしていたらいい。

彼も話し相手がいるだろう。では、おやすみ。いい子にしてるんだよ」

　アレックスと一緒なのに、そんなことを言ったって絶対無理よ。初めてアレックスに会ったとき自分の中に起こった性的衝動に対して、ジュディスは困惑と罪の意識と自己嫌悪を感じた。けれど、自分の欲しいものがなんなのか身にしみてわかった今は、自己嫌悪以外の何物も感じない。

　アレックスに関していかに自分がもろいかがわかっていたので、急いで立ち上がって部屋を出ていこうとした。だが、アレックスはすぐさまベッドから飛び出すと、ドアを閉めて背中を押しつけ、ノブに手をかけて行かせないようにした。

「そこをどいてちょうだい」アレックスの積極的な行動に対してわき上がった感情に、ジュディスは動揺していた。かつては、これを恐れだと思っていたが、今は興奮だということを知っている。

「僕の言うことを聞くんだ、ジュディス」

　ジュディスはヒステリックな笑い声をあげた。

「いつから私としゃべる気になったの、アレックス？」

「いつだってそう思ってる。あのパーティの夜を覚えてるかい？　ずいぶん長いことおしゃべりをしたよね。ただしゃべっていただけだったけど、お互いすごく楽しかったじゃないか」

「あなたのような男は、自分の欲しいものを手に入れるためにおしゃべりで誘うのよ」

「欲しいものって？」

「私を自分のものにすることよ」

「おいおい、ジュディス。僕が君に何をしたっていうんだ？　そんな悪辣《あくらつ》なことをする人間だと君に思われていたとはね。そう思わせてしまってすまない。でも、僕はこの数年間に女性の貞操については心底うんざりしてしまったんだ。金のためにとんでもないことをする女がいるんだよ。でも、君はそういうタイプの女性とは違うことがわかった。君は心根がやさしくて親切だ。君にひどいことを言ったりして、自分の舌を切ってしまいたいよ。頼むから許すと言ってくれ、ジュディス。君がサイモンの本当の姿を知らなかったとわかってから、ずっと落ち込んでいたんだ」

「そんなやり方は、私には通用しないわ」

「じゃあ、どんなやり方だったら通用するんだ？」

アレックスは熱心にきいた。「言うとおりにするから、なんでも言ってくれ！　僕はまだ君を愛しているんだ、ジュディス。君だってわかっているんだろう？」

「愛という言葉の意味があなたにはわかってないわ、アレックス」

「君がレイモンドに抱いているような、なまぬるい愛情でないことぐらいはわかっている。あるいは、彼が君に見せる所有者ぶった態度でないこともね。冷たいバージンの仮面をかぶっているけれど、本当は君はとても情熱的な女だってことを、レイモンドは知ってるのかい？　あの夜、君がどんな反応を見せたか僕は決して忘れないよ。あのとき以来君が誰にも触れられてないということだけが僕の希望なんだ。ということは、僕が君にしてやれるようなことができる男に、君はあれから出会っていないということじゃないか。そうだろう？」

「偉そうな口をきくのはやめて、アレックス。何をしようというの？　私をつかんで、気絶させるようなキスでもする？　あなたの言葉を証明するために、愚かなセックスの操り人形になれというの？　たいそうご立派で堂々とした心がけだこと。愛情もたっぷりだしね」

　徹底的なあざけりを受けて、アレックスの顔は、決意に満ちた表情から絶望的で不満げな顔つきに変わった。「彼とは結婚させない」

その言葉にひそむ脅しに、ジュディスの顔は青ざめた。「もしレイモンドに何か言ったりしたら、あなたを絶対に許さないわよ、アレックス！」

「君は僕にチャンスをくれないんだね」

何を言ってるの？　私にチャンスをくれなかったのはあなたのほうじゃないの！

ジュディスは唾《つば》をのみ込むと、気の進まない言葉をついに口にした。それがパンドラの箱を開けるに等しいことは承知のうえだった。

「レイモンドとは結婚しないつもりよ。まだ彼には伝えていないけれど」

とたんに、アレックスの目に喜びがあふれた。

「本当かい？」

「ええ。でも、あなたのせいじゃないわ。ただお互いにふさわしい相手ではないとわかったからよ。でも、彼の妹が先日のパーティで私とあなたが一緒にいるところを見て、あらぬことを言い出したの。だから婚約解消は、あなたがこの家からも私たちの人生からも出ていくまで待とうと思ってるわ。良心にかけて、私はもう人を裏切りたくないのよ」

「サイモンを裏切ったりはしてないじゃないか」

「いいえ。サイモンが私に何をしたにしろ、わたしは彼を裏切ったわ。私たちは結婚するつもりだったんだし、サイモンは私が彼を愛していると思っていたんだから」

「君は僕を愛していた。まだ愛してるんだよ」

「いいえ！」ジュディスはきっぱりと否定した。

「私はあなたが好きでさえないわ」

「僕にチャンスをくれ、それを変えてみせるよ」

ジュディスは笑い声をあげた。「薬売り商人に、蛇に噛《か》まれてもあなたには免疫があるから大丈夫だと言われて、がらがら蛇のいる穴に飛び込むようなものね。あなたは補食者よ。私を滅ぼすわ」

「そんなことはない。君を愛している」

「やめて。あなたは私とベッドをともにしたいだけよ」

「セックスの力をみくびっちゃいけないよ、ジュディス。セックスから愛が芽生えることもある」

「そうかしら」

「僕にチャンスをくれないか？　君だってそれを望んでいるのに、否定するのはよせよ！」

ジュディスは想像しただけで体の芯《しん》が熱くなった。

「あなたに……抱かれろと言うの？」声が震える。

「そうだ！　レイモンドと結婚しないんだったら、裏切り行為にもならない。そのあとで、もう僕とかかわりたくないというんだったら、僕はきっぱりと君をあきらめる」

アレックスを見つめながら、ジュディスはこれは罠《わな》だと感じていた。もし彼との愛の行為が自分の想像どおり、魔法のように力強いものだったら、終わったあとで彼から離れられるだろうか。ジュディスの頭の中で、ドラムの音が鳴りはじめた。未知の喜びを約束してくれる律動だ。

「いくじなしになるなよ、ジュディス」アレックスはささやいた。「どう出るか賭《か》けてみよう。失うものは何もないじゃないか」

私の正気を除けばね、とジュディスは思った。

「考えておいてくれ。明日の朝いちばんに返事が欲しい。もしノーだったら、僕はここを出ていく」

ジュディスは目をまるくしてアレックスを見た。そばにいながら私を自分のものにできないのが、それほどつらいのかしら？　そんなの、まやかしにきまってるわ。

「いいわ」ジュディスは答えた。「考えておくわ。もう……行ってもいいかしら？」

つかのま、キスされるのではないかと思ったが、しばらくして彼は脇《わき》にどき、ドアを開けた。

ジュディスはドアを抜けて自分の部屋へ一目散に走った。だが、黒い目をしたぬいぐるみたちも、今日ばかりは心の平和をもたらしてはくれなかった。部屋の中を歩きまわるジュディスを、彼らは辛抱強く見守っていた。

「どうしたらいいの？　教えて」ジュディスはついにぬいぐるみたちに問いかけた。

けれど、彼女の不安をなだめてくれるような答えはやはり返ってこなかった。

ジュディスは頭をすっきりさせようと深呼吸をした。たぶんアレックスは私を愛していたんだわ。彼が欲望以上の感情を持っている可能性はある。

私の気持は愛？　それとも欲望なの？

ジュディスは知りたくてたまらなかった。

ベッドをともにすればわかるかもしれない。想像以上の幸福が訪れるのか、今まで経験したがことないほど惨めな気持になるのか……。

そろそろ、決断の時だ。

悩んでいるうちに、突然笑いが込み上げてきた。

ばかね、本当は選択の余地なんてないのに。

ただ、愛に賭けるしかないのよ。

11

ここは本当に朝食にはうってつけの部屋だわ。ジュディスはガラス製のまるいテーブルで、二杯目のコーヒーを飲みながら思った。北向きの大きな半円形の窓から降り注ぐ冬の朝の日差しで、室内もコルクの床も暖まっている。無数の観葉植物にも充分に光があたっていた。頭上のバスケットには羊歯《しだ》が青青と茂り、部屋の四隅を鉢植えの椰子《やし》の木が占領している。

まるで小さな温室のようだ。時刻は午前九時半、暖かくて気持のいい朝だった。ミセス・コブは一日じゅう出かけて留守にしている。レイモンドも土曜日の不在を何度も謝りながら、工場に出かけてしまった。事実を確認してから対処しなければならないので、帰宅は夕方になるだろうと言っていたが、昼食の前には電話すると約束してくれた。

ありがたいことに、アレックスはまだ階下に現れなかった。ミセス・コブが出かける前はアレックスは元気そうで、確実に快方に向かっていると教えてくれた。

彼は雄牛のように強いから、ジュディスもそれを信じていた。普通の人が一週間は伏せりがちなウイルスにも、アレックスは四十八時間で打ち勝ってしまった。

アレックス……。

昨夜と同じ疑問に、ジュディスは今朝も頭を悩ませていた。彼の情熱は誠実さをともなっているのかしら？　それとも、七年前のことに決着をつけたいだけ？

ひとつ確かなのは、ジュディス自身が彼に欲望を感じていることだった。

「おはよう」

空になりかけのコーヒーカップをぼんやりと見つめていたジュディスは、はっとして視線を上げた。アレックスがグレーのシルクのガウンを着て戸口に立っている。足首まであるガウンの裾《すそ》からも、深いV字型の胸元からも、パジャマはのぞいていない。日焼けした肌と、心を乱す濡《ぬ》れた肌が見えているだけだ。彼はシャワーを浴びてきたばかりなのだ。

ジュディスも昨夜決めたことに思いをめぐらしながら、今朝はゆっくりとシャワーを浴びた。もしイエスと答えたら、アレックスはどうする気かしら？ ホテルに私を連れていくの？

「そのガウンはどうしたの？」ジュディスは歯切れの悪い口調で尋ねた。「いいの、答えなくて。ミセス・コブでしょう？」

「ちゃんと金は出したよ」アレックスは部屋に入ってきながら、こわばった笑みを浮かべた。「どこに座ったらいいかな？」

ジュディスは向かい側の籐《とう》製の椅子を手で示した。その横には小さな四角いテーブルがあった。アレックスは日の光で暖まったふかふかのクッションに身を沈め、満足そうなため息をついた。

「この部屋に来て正解だった。もう一杯コーヒーをもらえたら、人生はほぼ満足だ。もちろん僕が期待しているような答えを、君からもらえればだけど」

ジュディスが黙ったままアレックスを見つめているので、彼はさらに言った。「どうなんだい？」

ジュディスはアレックスを見つめつづけた。彼は髭《ひげ》を剃《そ》ってきたんだわ。彼が落ち着いていて、リラックスしていて、あまりにセクシーなので、ジュディスはとても冷静に考えることなどできなかった。昨夜の決断が澄みきった朝の光の中ではひどくそぐわないような気がして、簡単にイエスと答える気にはなれない。でも、イエスと答えて、どうなるか賭《か》けてみるわ。イエス、私を抱いて。イエス、イエス、イエス。

「コーヒーを持ってくるわね」ジュディスは抑えた口調で言うと、突然立ち上がった。

だが、キッチンでは容器を取り落として、コーヒー豆をばらまいてしまった。結局、カップにインスタントコーヒーを入れ、アレックスの好みが思い出せなかったので砂糖とミルクを添えて、かたかたと音をさせながらトレイを部屋に運んだ。

手首をつかまれてジュディスが顔を上げると、アレックスは言った。「コーヒーなんかどうでもいい。僕は君が欲しいんだ、ジュディス」

彼女を膝元に引き寄せ、抱きとめて唇を重ねる。たちまちジュディスは体が凍りついた。今朝はしっかりしていたかった。イエスと答えるつもりだったけれど、抱き合うのはパスコールの家を出てからにするつもりだった。

けれどアレックスの腕に抱かれて唇を押し開かれては、強くしっかりしていようとしても不可能だった。情熱あふれるキスに、ジュディスはあえいだ。わずかに身を引こうとしたが、アレックスはそれを許さなかった。さらに抱き寄せ、熱く狂おしいほどのキスをする。とうとう、ジュディスの飢えた魂は拒絶できなくなった。あえぎながら、彼の中に溶けていく。たくましい首に腕をからめ、熱烈なキスを返した。

アレックスも満足そうにあえぎながら、ジュディスが息を切らしてふらふらになるまで口づけを繰り返した。

「ジュディス」アレックスは彼女の髪にささやきかけた。「ああ、ジュディス……」

アレックスはしっかりとジュディスを抱き寄せ、背中を撫《な》でた。そうしていると、心が落ち着くというように。やがて背骨に沿って行ったり来たりしていた手を、つと真ん中のあたりで止めた。

ジュディスがどうかしたのかと尋ねようとすると、アレックスは彼女の顎を上向きにして、また唇をむさぼった。その激しさにジュディスは低く声をもらした。ここで彼をやめさせたくない。両手を首から下ろして、ガウンの中に滑り込ませ、彼の胸にてのひらを押しつけた。彼の肌は熱く、心臓は全力疾走したあとのようだった。もうアレックスを止められない。もう誰も私たちを止められない……。

アレックスが急に立ち上がってジュディスを部屋から運び出そうとしたので、彼女は驚いて尋ねた。

「どこへ……行くつもり？」

けれど、答えはわかっていた。二階にある彼の部屋のベッドだ。

ジュディスはアレックスの首に顔を埋《うず》めて、神に永遠の慈悲と許しを請うた。この展開は、今朝私が考えていたこととは違う。

「やさしくしてね」ベッドの横に立たされたジュディスは懇願するように言った。

「心配しないで」アレックスはそう言うと、ジュディスのトレーナーを脱がせ、ブラジャーをはずした。

ジュディスは、アレックスのためらいのない動きに驚くだけでなく、彼女の体しか見ていない集中力にも驚いた。

「君はとてもきれいだ」アレックスは身をかがめて、彼女の胸にキスをした。

ぞくっとしてジュディスの全身が打ち震える。

「さあ、スリッパを脱いで、パンツから脚を抜いて」

ジュディスはアレックスの言葉に従い、小さなピンクの下着をまとっただけの姿になって彼の前に立った。アレックスはジュディスの全身をさっと眺め渡すと、彼女をすくい上げ、ひんやりした緑色のシーツの上にそっと横たえた。そして、敬意にも似た表情を浮かべながら、ピンクの下着を引き下げた。

　ついにアレックスがグレーのシルクのガウンを脱ぎ、興奮した裸体をあらわにすると、ジュディスは思わず目をみはった。彼が隣に身を横たえたとたん、体が震えはじめる。来たるべきものへの期待と不安で、さっきまでのあくなき欲望が引き、緊張が打ち寄せる。

「大丈夫だよ」アレックスはジュディスの脇腹《わきばら》を撫でた。「やさしくする。愛しているんだ。僕の妻になってほしい」

　アレックスは時間をかけてゆっくりとジュディスをリラックスさせると同時に興奮へと導き、恐怖を少しずつ取り除きながら、研ぎ澄ました感覚と欲望だけの世界へ導いていった。

　ジュディスの中で何かが次第に迫ってきて、ついに体の奥深くに火がついた。アレックスに触れられるたびに、その炎はどんどん熱くなっていく。

　全身をくまなく探る指に加えて、うずき出した胸の頂を彼が口に含んだとたん、ジュディスは腰をベッドから浮かせて背中を弓なりにした。ジュディスはアレックスが欲しかった。彼に完全に満たしてほしかった。

「アレックス……お願い」ジュディスは枕《まくら》の上で頭を左右に振った。

　アレックスはあくまで慎重にやさしく体を重ねた。ジュディスは最初たじろぎ、痛みを伴う圧力が加わるにつれて、さらに体をこわばらせた。彼が動きを止めないので、どうしていいかわからなくなった。

「力を抜いてごらん」アレックスは緊張した声で命じた。

　ジュディスがその言葉に従うと、突然彼が奥深くまで達した。ジュディスの口から、驚きと喜びの入りまじった声がもれた。

やがてアレックスが緊張を解き、彼の体に震えが走った。

「もう痛くないだろう？」アレックスはジュディスの顔に手をあてて、やさしく唇を重ねた。

愛情あふれる彼のまなざしに、ジュディスは照れくさくなった。「ええ」

「ぜんぜん？」

「ええ。なんだか……いい気持」

「そんな程度なのかい、ダーリン？　腕と脚を僕の体にからませてごらん」

ジュディスは彼の背中に腕をまわした。そして、彼の体を脚ではさんだ。自然がつくりだしたように、ジュディスの体とアレックスの体は完全にひとつになった。

アレックスの動きはだんだん力強くなっていった。ジュディスの内なる炎がいちだんと熱くなる。彼女はあえぎ、声をあげた。ああ、もうだめ。これ以上は……。するとそのとき、火山が噴火したように炎が噴き出し、ジュディスは口を大きく開けた。背中をそらし、体の中で何もかもが爆発しはじめると、彼女は叫び声をあげた。

アレックスは激しく脈打つジュディスの体を強く抱き締めた。まもなく彼も絶頂に達し、彼女の上に体を重ねて全身を震わせた。

炎はついたときと同じようにまたたくまに消えた。汗のにじんだ彼の腕に抱かれながら、ジュディスは体にかすかなしびれを感じていた。毎回こんなにめくるめく思いをしていたら、生きていられないんじゃないかしら？

炎に焼かれたような感覚が徐々におさまると、体は深い満足感に満たされた。ジュディスの顔に至福の笑みがゆっくりと広がる。

アレックスは両肘をついて体を持ち上げ、ジュディスのほてった顔を見下ろした。彼女はまだほほ笑んでいた。

「君は信じられないくらいすばらしいよ」

「私もあなたのことをそう思っているのよ」

セックスから愛が芽生えることがあるとアレックスは言っていたが、本当にそのとおりだ。とくに愛がずっと存在していて、ふさわしい表現方法を待っていた場合には。

「君を愛しているよ、ジュディス」

「ええ」ジュディスはため息まじりに答えた。

「君も僕を愛していると言ってくれないか？」

ジュディスは黙ってほほ笑んだ。

「君はまだ僕を苦しめたいのかい？」

ジュディスは驚いて目をしばたたいた。

「まさか、そんなつもりはないよね」アレックスは声に後悔をにじませ、あわてて言った。「君はそんな人じゃない。狂信的な復讐《ふくしゅう》なんてものを考えるのは、僕みたいな自己中心なわがままなやつだけだ。今後は僕も君のようになりたいよ、ダーリン」アレックスは身をかがめてジュディスの唇にやさしくキスをした。

ジュディスは唇を震わせながら、黙ってうなずいた。

「愛していると言ってくれ」

「愛しているわ」ジュディスはささやいた。胸がきゅんとなる。彼女は思いきってアレックスへの愛に賭けたのだ。ジュディスの幸せは今、アレックスの手の内にあった。

「いつまでも僕を愛してくれ。君を幸せにするから。子供もつくろう。そして一緒に年を取ろう。僕はいつまでも君を愛しつづけるよ、ジュディス。僕を信じてくれ」

「信じるわ」ジュディスは答えた。

「もう一度、君を抱きたい」

そして彼は、そうした。ゆっくりと感覚に訴えるように。

ジュディスはまた違った喜びを感じた。急激に燃え上がることはなかったけれど、大きな満足を覚え、完全燃焼した気がした。それからふたりは一緒にシャワーを浴びた。驚いたことに、またすぐに互いの体に触れ合った。炎は消えていなかったのだ。ジュディスは自分たちの新たな欲望に畏怖《いふ》の念を抱いた。それはひそかにくすぶったまま、どちらかがまた息を吹き込むのを待っていた。

アレックスはシャワーを止め、もう一度ベッドに戻ろうとうながした。彼はもっと大胆になるようにジュディスを励まし、どうすれば彼が喜びを感じるか示してみせた。そしてジュディスがそれにこたえると、彼女をほめた。

ジュディスのほうも新たな興奮を発見した。アレックスの全身にキスを浴びせたときの彼の反応がたまらなく好きになった。彼は腹部を小刻みに震わせ、勇猛な声をあげた。

やがてアレックスは、ジュディスの胸を愛撫《あいぶ》しはじめた。彼女はとてもじっとしていられなくなった。腰が自らの意思を持ったもののように動きはじめる。ジュディスにとって初めての感覚だった。

苦痛と喜びの交差するえも言われぬ感覚に酔いながら、ふたりはいつまでもずっとこうしていたかった。

そのとき、鋭い金切り声がした。

「ほら、言ったとおりでしょう？　まあ、ひどいわ、マリオ。ふたりを見てよ！　彼女を見てよ！」

ジュディスが戸口のほうをのぞくと、ふたりの人影が見えた。マーガレットと、妻の肩ごしに意地の悪い目で見ているマリオだった。マリオが目を細め、ねっとりとした視線をジュディスの体に注ぎ、喉を鳴らす。「見たよ、マージ。見たとも」

アレックスは悪態をつき、いやらしい笑みを浮かべた見物人たちの視線から、蒼白《そうはく》な顔のジュディスを身を挺して守った。

「出ていけ!」アレックスは肩ごしに怒鳴った。「見たいものは見たんだろう? なんて嫉妬《しっと》深い女だ!」

「それは、あなたが私に見せたかったものを私が見たかってこと?」マーガレットが反撃を開始した。「あなたは私を利用したのね。ジュディス。よく聞いておくのよ、その男がどんな男か。あなたのいとしい色男は、あなたの浮気相手になるだけでは我慢できないのよ。彼はあなたをレイモンドと結婚させたくないの。まあ、私にとっても好都合だけど。でも、これであなたの計画はだいなしね、ジュディス。私はあなたが階下《した》の部屋でその男といちゃついているときに、ここに来たの。あなたは気がつかなかったけど、その人は気がついていたのよ。そして私がまた戻ってくると思ったんでしょう。私に向かってほほ笑みさえしたわ。良心のかけらもない男よね。その人は私の兄の婚約者であるあなたとキスをしていただけではなく、私にほほ笑んでからもう一度あなたにキスしたのよ!」

ジュディスは、屈辱に溺《おぼ》れそうになる恐怖から浮かび上がったところを恐怖の大津波にのみ込まれたようなものだった。

「で、私が立ち去ったあと、その人はどうしたと思う?」マーガレットは痛烈に続けた。「あなたと関係を結ぶことに、まったくためらいはなかったのよ。もちろん、その人は私が兄を連れて戻ってくるのを待っていた。もし兄が……見つかっていれば、私だってそうしたわよ」いまいましげに言い終えた。

「で、代わりに僕を証人として連れてきたのさ」マリオはいやらしい笑いをたたえて、声を張りあげた。彼はあきらかにおもしろがっている。

ジュディスは死んでしまいたかった。シーツで身を隠し、苦悩と不審の目でアレックスを見ると、彼はひたすら怒りに打ち震えていた。ぎらぎら光る目でマーガレットとマリオをにらみつけている。

「アレックス……嘘《うそ》よね？」ジュディスは喉をつまらせた。「そんなこと、あなたがするはずないわよね？」

　アレックスはまた悪態をついた。だが、その前に罪の意識がちらりと顔をよぎったのを、ジュディスは見逃さなかった。

「本当なのね」ジュディスは弱々しく言った。

「もう帰るわよ、マリオ。見るべきものは見たし、言うべきことも言ったわ。言うまでもないでしょうけど、兄には話しておきますからね。さっさとここを出ていったほうが賢明よ。ジュディス、あなたも、あなたの怒りやすくて信頼できる恋人もね。もっとも、まだ彼を恋人だと思いたいのならの話だけど」マーガレットは甲高い声で笑った。


　ふたりが行ってしまうと、アレックスはうめいた。

「勘違いしないでくれ、ジュディス」彼はジュディスの震える肩に手を置いて言った。「君のためを思ってしたことなんだ。確かに階下にいたとき、彼女がそこに立って僕たちを見ているのに気づきはした。きっとすぐにレイモンドに知らせに行くだろうと思った。僕は不安だったんだ——もし僕が彼女がいたことを君に告げたら、君が動揺して、僕にどれだけ君を愛しているかを示す機会をくれないんじゃないかと」

「それで、この家で私を抱くことにしたのね。レイモンドがいつ踏み込んできてもおかしくないと知りながら。私をどれだけ愛しているかを示すつもりだった、ですって？」

「レイモンドが戻ってくるまでに二時間はあると思ったんだ。工場までは車で一時間かかるからね。マーガレットが家に戻って電話するとは思わなかった。

それに、レイモンドを連れずに戻ってくるとも思わなかった。レイモンドが来る前には終わらせるつもりだった」

「あなたは、目的のためなら手段を選ばないの？」

「この場合にかぎっては……そのとおりだ」

「ああ、アレックス……」

「待ってくれよ、ジュディス。僕は君を愛してるんだ。また君に逃げられたくなかったんだ」

　ジュディスはかぶりを振った。「七年前のことを終わらせないままに、でしょう？　愛なんて関係ないわ。このベッドでのことは、あなたの場合、純粋な欲望に突き動かされただけなのよ。私を愛しているんだったら、キスをやめてマーガレットのことを話してくれたはずよ。レイモンドにも真実を話してくれたはずよ。こんなふうに私をはずかしめたりするはずないわ」

「そうじゃないんだ！　マーガレットがこんなに早く戻ってくるなんて思っていなかったんだ。こんなところを彼女に見られたくなんかなかった。僕だって、そのぐらいの礼儀はわきまえているよ」

「礼儀ですって！」こんなひどいことをしておきながら、礼儀という言葉を使うなんて信じられない。美しいふたりだけの時間が、醜悪なサーカスの見せ物になってしまった。そう思っただけでうんざりだった。それに、このことを聞いてレイモンドがどう思うかを考えると頭が痛い。マーガレットもマリオも、話にぞっとするような尾ひれをつけて話すにちがいない。ジュディスはマリオのねっとりとした目つきを忘れていなかった。

　むかつきが喉元まで込み上げてきた。「ああ、ここから出ていかなくちゃ」

「また逃げるのか、ジュディス？」ベッドから下りた彼女に、アレックスは言った。

「逃げるなんて言い方をしてもらいたくないわ。あなたを見かけた最初のときに逃げ出していればよかったのよ。私は逃げるんじゃないわ。この家から私自身を追い出すだけ。レイモンドは私にいてもらいたいとは思わないはずよ。マーガレットから話を聞かされて、彼はどう思うかしら？」

ジュディスの目に涙があふれると、アレックスはうめいた。「彼を傷つけようとしたわけじゃないだろう！」

「でも傷つけてしまったわ」

「彼は大人だ。なんとか切り抜けるよ」

「私たちには何もできないでしょうけどね！」

「愛してるよ、ジュディス。行かないでくれ。ここに残って、僕と一緒にレイモンドと話し合おう」

そんな場面を想像しただけで身震いがする。「できないわ。私はここから出ていかなくちゃ」

「どこへ行くつもりなんだ？」

「どこでもいいでしょう」

「どこか言えよ」

アレックスがあきらめるつもりがないのをジュディスは感じ取った。

「友人のところよ」

「どこへ連絡を取ったらいい？　言っておいたほうがいいぞ、ジュディス」アレックスは執拗《しつよう》に迫った。「このショックから立ち直ったら、僕が君をはずかしめるつもりもレイモンドを傷つけるつもりもなかったことに気づくはずだ」

ジュディスがためらっているのを見てアレックスは言った。

「僕は今は金がある。この前のようなことにはならないぞ。君がどこへ行こうと絶対に見つけ出してやる」

ジュディスは敗北を悟って肩を落とし、かぶりを振った。彼女には友達などいなかった。この七年間、ひとりもつくらなかったのだ。傷つき、恥ずかしさを抱え、ここに身を隠していただけだった。またしても同じ思いを抱えることになりそうだ。

「ジョイスのところへ行くわ」ジュディスは絶望的になって嘘をついた。

「ジョイスって誰？」

「レイモンドの秘書よ」

アレックスは顔をしかめた。「パーティでマーガレットと一緒にいた女性かい？」

「そうよ」

「君は彼女とそんなに親しそうには見えなかったけど」

「そんなことないわ。彼女は感じのいい人よ。そして親友なの」

「よし、わかった。僕はここにとどまって、レイモンドが家に戻ってきたら、事情を説明する。それからジョイスの家に電話をする、いいね？」

「お好きなように」ジュディスはのろのろと答えた。

アレックスが近づいてきたので、彼女は目で制した。

「本当にすまない、ジュディス」アレックスは言った。

「私のほうこそ」ジュディスは胸が張り裂けそうだった。

12

ジュディスは、アレックスの視線を感じながら、タクシーに乗り込んだ。彼は玄関に立ってこちらを見守っている。もう出ていくなとは言わなかったが、失望の色が浮かんだ彼の目に、ジュディスは心が揺れた。

「マスコット空港へ行ってください」ジュディスは運転手に言うと、座席にもたれて目を閉じた。

「どちらのターミナルに着けます？」

「国際線に」

「仕事ですか、休暇ですか？」

「えっ？　ああ、休暇です」

とんだ休暇だわ。ジュディスは、運転手が黙って運転に専念してくれたことに感謝しながら思った。最初のロンドン行きの便に乗るつもりだった。パスポートを取っておいたことを神に感謝した。

心の中で小さな声がささやく——あなたはまた逃げ出そうとしている。アレックスが言ったようにあなたはいくじなしだわ。このいくじのなさは、いったい誰から受け継いだの？

父親よ、と心の声が答えた。父はいい人だったけれど、弱い面を持っていた。やり返すより、むしろ譲歩するタイプの人間だった。父が楽な方法を選んでばかりいたので、ついに母は父に敬意を払わなくなり、父自身もプライドを持たなくなってしまった。私は顔立ちだけでなく、性格も父親から受け継いでしまったのだ。

レイモンドの家でアレックスとベッドをともにしたのは間違いだった。でも、レイモンドと結婚はできないと気づいた瞬間に、婚約を取り消さなかったのはもっと大きな過ちだ。ある意味では、自分で種をまいておきながら、真実に立ち向かわず、誠実な振る舞いをしなかったのだ。少なくとも私には、マーガレットの悪意に満ちた話とは違う説明ができたはずなのに。

アレックスのことは……彼がたとえ何をしても、やはり愛している。だから、もう一度向かい合わなければ。そして、私に対する彼の思いがどの程度なのか確かめなければならない。それをしないで、こんなふうに逃げ出すなんてどうかしているわ。

「戻って！」

タクシーの運転手が振り向いた。「えっ？」

「戻ってと言ったのよ。戻ってほしいの」

運転手の顔にはいらだちが表れていた。「本気で言ってるんですか、お客さん？」

「ええ、本気よ」

運転手はため息をつくと、いきなりUターンをした。ジュディスは口から胃が飛び出そうになった。心臓がどきどきするのは、来たるべきものへの恐怖かしら？　レイモンドはどんな目で私を見るだろう？

でも、避けては通れない。そうするしかないと決めたのだから。

レイモンドの家の前の通りが近づくにつれて、心が揺れた。今ごろ彼はマーガレットから恐ろしい真実を知らされているだろう。もう家に戻ってきているかもしれない。

タクシーが緑の多い通りに入ると、ジュディスは不安が的中したことがわかった。アレックスが家の前の歩道に立っていて、レイモンドのベンツが縁石に停《と》まっている。ちょうどレイモンドが運転席から降り立つところだった。そして助手席からジョイスが……。どういうことかしら、とジュディスは思った。

レイモンドは今朝、ジョイスを一緒に工場へ連れていったにちがいない。たぶんアレックスが工場へ連絡して、家に戻るように言ったのだろう。レイモンドは今帰宅したばかりのようだ。マーガレットの姿は見当たらない。

でも、おかしいわ、とジュディスは思った。私が家を出てからまだ二十五分しかたっていないのに、レイモンドが工場から戻ってこられるはずがない。いったいどうなっているのかしら？　ジョイスがいる理由がなんであるにせよ、恥ずかしい告白の場に他人はいてほしくない。

急に、レイモンドはすでに何もかも知っているのではないかという恐ろしい思いにとらわれた。あと、これ以上状況をまずくするのは、マーガレットとマリオの登場だ。

そう思ったとき、黒い車が通りの向こうの角を猛スピードで曲がってきて、縁石を越え、レイモンドの車の後ろに乱暴に止まった。それは、マーガレットが結婚式の日にマリオに贈った黒のジャガーだった。

信じられないほどついていない。今度こそ神さまのばちがあたっているんだわ。タクシーの運転手に、このまま走り続けてと頼もうかしら。でも、これ以上逃げてはいけないわ。

ジュディスは運転手にベンツの前に止めてほしいと頼み、料金を払って車を降りた。そして五人が顔を合わせる場にちょうど間に合った。彼らは歩道に集まって、さまざまな表情を浮かべながらジュディスを見つめた。レイモンドは顔をしかめ、ジョイスは緊張して口を固く結んでいる。マーガレットは悪意のこもった嬉《うれ》しそうな顔を隠そうともせずに、作り笑いをするマリオの腕にしがみついていた。

マーガレットのあからさまな憎悪の顔を見て、ジュディスは弱気になっていた自分を追い払った。背筋を伸ばし、肩をそびやかして、恐怖はおくびにも出さずに堂々と五人を見返した。

「ありがとう」ジュディスは赤いスーツケースを歩道に降ろしてくれた運転手に礼を言った。

そしてジュディスはアレックスと目を合わせた。その瞬間、彼がどんなに心配してくれていたかが伝わってきた。ジュディスが自分の判断で、胸を張って戻ってきたことを、アレックスは喜び、安堵《あんど》しているのだ。

アレックスの目は賞賛に輝いていた。彼がやさしくうなずいてほほ笑みを浮かべると、いつのまにかジュディスもほほ笑みを返していた。

「ちょっと、このふたりを見てよ」マーガレットがあざけるように言った。「言ったでしょう、レイモンド。このふたりは恥ずかしいとも思っていないのよ。あなたも自分の目で見たでしょう？　あんなふうにほほ笑み合ったりして。あなたに隠れて盛りのついた猫みたいなことをして、あなたを完全にばかにしたっていうのによ」

「そのけがらわしい口を閉じてくれ、マーガレット」レイモンドが言った。「おまえに電話なんかして本当に後悔しているよ。電話でも言っただろう、おまえは首を突っ込むな、と。どうしてのこのこやってきたんだ？　またもめ事を起こそうというのか？　自分の問題は自分で解決するよ。ジュディスにしたようなことを、もしジョイスにしたらただではおかないぞ」

ジョイスにしたら？

ジュディスはまだ何が起きているのか理解できなかった。レイモンドが両手を広げて歩み寄ってくるのを見て、さらに驚いた。小さな希望の種が、どきどきする胸の内で芽生える。レイモンドは少しも怒っているようには見えない。むしろ……同情しているようだ。

「ジュディス」レイモンドはジュディスの両手を取った。「君が戻ってきてくれて本当に嬉しいよ。かわいそうなアレックスは茫然《ぼうぜん》としていたからね」かわいそうなアレックス、ですって？　レイモンドはアレックスのことも怒っていないの？

　ジュディスは驚くべき展開に眉を寄せた。レイモンドは拒絶や欺瞞《ぎまん》をやすやすと受け入れる人間ではない。

　レイモンドの向こうにいるアレックスを見ると、彼もとても嬉しそうな顔をしている。

　ジュディスのとまどいはつのった。いったいどうやってレイモンドにわかってもらったのかしら？

「今回はもめ事を起こそうなんて思ってないわ、レイモンド」マーガレットが食い下がる。「私の話は真実なのよ。どうして信じてくれないの？」

「いいかげんに口を閉じなさい！」レイモンドは振り返って妹をにらみつけた。「まず第一に、みんながいることを忘れるな。だいたい、おまえは事情がのみ込めていない」

　マーガレットは悪意のこもった目を細くして、ジュディスをにらんだ。「でも、この目でふたりを見たのよ！　ベッドで裸で抱き合っていたんだから」

「もしおまえがベッドで抱き合う時間をもう少しでも増やせば、おまえの意地悪で嫉妬《しっと》深い口出しも減るんじゃないのか」

　マーガレットはあんぐりと口を開けた。ジュディスも、レイモンドが妹を攻撃したのに驚いただけでなく、自分をかばってくれたことにもっと驚いた。アレックスまでが驚いている。

「どうしてもここにいる誰かを非難しなければならないというのなら、僕を非難してくれ。最初にジュディスを裏切ったのは僕だ。ジョイス、ここにおいで」レイモンドは有無を言わせぬ口調で言い、緊張した面持ちの秘書を両手を広げて迎えた。ジョイスはためらいがちに進み出ると、レイモンドの手を取った。

ジュディスはレイモンドの言葉の意味がのみ込めなかった。彼が最初に私を裏切ったですって？

レイモンドがジョイスに向けた温かいほほ笑みと、ジョイスが彼に返した表情を見て、その困惑がようやく消えた。ジョイスはレイモンドに夢中のようだ。ここ数年彼がつき合っていた女性というのは、ジョイスのことだったのだ。そして私と婚約しても、ふたりのつき合いは続いていたのだ！

おかしな皮肉だと思いながらも、ジュディスは一抹のほろ苦さを味わわずにはいられなかった。男の人はみんな平気で浮気をするものなの？

だが、レイモンドとジョイスが見つめ合う姿を見て、いつまでも憤慨している気分ではなくなった。ふたりはとても幸せそうだ。ということは、私はレイモンドの人生を踏みにじってはいないのだ。罪を犯さずにすんだのだわ！

ジュディスはほっとして、アレックスに視線を向けた。アレックスはジュディスの受け止め方を心配そうに見守っていた。ジュディスが嬉しそうな顔をしたのを見て、アレックスの顔もたちまち明るく輝いた。

さっきアレックスが言ってたことは、本当だったのだ。今日彼がしたことは、何もかも私のため——私の愛を勝ち取るためだったのだ。もし、七年前のことに決着をつけたいだけだったら、今ごろは荷物をまとめて姿を消していただろう。行動は大胆だったけれど、彼は愛を勝ち取ろうと必死だったのだ。アレックスは私を愛している。目を見ればそれがわかる。

ジュディスがやさしくほほ笑むと、アレックスはハンサムな顔に笑みをたたえた。走り寄ってきて、彼女のウエストに手をまわして引き寄せた。

ジュディスはためらうことなく隣に並んだ。今日からは好むと好まざるとにかかわらず、死がふたりを分かつまでアレックスの隣にいよう。復活したふたりの愛は、これから日一日と強く育っていくだろう。

「なによ、浮気者ばっかりじゃない！」マーガレットが大声で言った。「もう帰るわ！　マリオ、私を家に連れてって！」

「そうしてくれ、マリオ」レイモンドは冷ややかに言った。「一度くらい役に立つことをしてくれ」

マーガレットは発作を起こしかねないほど憤慨していた。何度も口を開いたが言葉にならなかった。彼女はジャガーに向かい、助手席のドアの前で唇を固く引き結び、マリオがドアを開けてくれるのを待った。

マーガレットとマリオが立ち去ると、ジュディスはアレックスの耳元にささやいた。「私たちのことをレイモンドに話したのは、あなたなの？」

「遠まわしにね。君が出ていった直後に、ジョイスの家からレイモンドが電話をかけてきたんだ。君がそっちに向かったと言ったら、彼は自分たちの関係を感づかれたと思ったらしい。レイモンドは僕を信頼してくれていたから、君に隠れてジョイスとつき合っていただけでなく妊娠させてしまったらしいと打ち明けてくれたんだ。きっと昨夜の電話はジョイスからだったんだよ。レイモンドは君にいいかげんな作り話をして、今朝ジョイスのところへ大急ぎで駆けつけたんだ。どうするつもりだったのかな。ところが、妊娠の知らせを聞いてしばらくすると、レイモンドは突然ジョイスが自分にとってかけがえのない女性だと気がついたんだ。結婚するなら君ではなくてジョイスだとね。はっきり言って、彼が君と結婚しようと思ったのは、ジョイスでは子供を産むには年を取りすぎていると思ったからだろう。君は若くて美しいから、健康でかわいい赤ちゃんを産んでくれるとね。若い美人の妻と腕を組んで歩きたいというエゴもあったんだと思う。レイモンドのエゴはたいへんなものだよ。彼はジョイスとの関係をやめるつもりなどなかったと思う。彼は両方のおいしいところを自分のものにできると思ってたんだ」

ジュディスは最初のうちは信じられなかった。が、レイモンドが昨夜、何もかも手に入れることはできないと言っていたのを思い出した。「あなたの言うとおりだと思うわ、アレックス」

「君のように若くてかわいければ、結婚相手はすぐに見つかるだろうと彼が言うものだから、その相手は僕だと言ってやったんだ！　七年前のことや、さっきのことを話したときも、レイモンドは怒るより、むしろほっとしたようだった。君がジョイスの家へ押しかけたのではなくて、婚約者を裏切ったことを恥じて逃げ出したんだと僕が言っても、あまり心配しているようには見えなかった」

「大目に見てあげて、アレックス。私たちはお互いに愛し合ってることがわかったんですもの」

「ジョイスのことを聞いたときは、レイモンドを殴ってやろうかと思ったよ。でも、彼は君を愛してないんだと気がついて、すぐに立ち直った。そして、君に僕の赤ちゃんができたかもしれないと思ったら、急にほかのことはどうでもよくなったんだ。今朝、息子か娘ができたかもしれないって、君は考えなかった？」

考えてもみなかったが、とてもすばらしいことだ。ジュディスは愛情のこもったまなざしでアレックスを見ると、小声で言った。「そうだといいわね」

アレックスの顔は幾千もの星が輝いているかのように幸福で輝いていた。ジュディスを抱き締めて言う。「愛しているよ。ずっと愛していたよ」

口づけを交わしながらジュディスの心は喜びにあ

ふれていた。孤独だった年月が消えていき、やっと幸せが訪れるのだ。なまぬるい幸せではなく、目がくらむほどまぶしい幸せが。

アレックスの赤ちゃんを産もう。たくさん、たくさん。

「こほん！」

ふたりはあわてて離れてから、歩道に立っているのが自分たちだけではないことを思い出した。

「マリオとマーガレットは帰ったよ」レイモンドはさりげなく言った。

「かわいそうなマーガレット」ジョイスは同情してつぶやいた。「マリオと一緒でもあまり幸せそうではなかったわね」

「ああ。でも彼女が自分で種をまいたんだからしかたがない。君が心を痛めることはないよ」

レイモンドに慰められても、ジョイスの顔は晴れなかった。ジュディスは突然その原因に気づいた。

「レイモンドは、私たちが一度もベッドをともにしていないことを話したかしら、ジョイス？」

「ええ。でも……それは」

ジョイスはレイモンドの言葉を信じていなかったのだ。ジュディスはため息をついた。レイモンドのせいね、とジュディスは思った。彼はたぶんジョイスに疑われるようなことをしたのだ。それでもレイモンドとジョイスには幸せになってもらいたい。たとえ自分たちほどではないにしても。

ジュディスはジョイスの腕に手を置いた。「レイモンドと私は恋人どうしじゃなくて、友達だったの。でも、あなたは友人であり恋人だわ。私はそういう存在にはなれなかった。ねえ、アレックスから聞いたんだけど、赤ちゃんができたそうね？」

「ええ。予定日は来春なの」

「まあ、すてき。幸せになってね。あなたは幸せになって当然よ。そして、レイモンド、あなたのほうは当然かどうかわからないけど、幸せになってね。あなたは、ただジョイスが好きだと私に言ってくればよかったのよ」

レイモンドは非難されて少しむっとしながら反論した。「君のほうこそ、アレックスが好きだと言えばよかったんだ。彼を嫌っていると僕に思わせたりせずにね」

「彼のことが好きだなんて気がつかなかったのよ」

「それを言うなら、僕とジョイスの場合もそうだ。でも、今ははっきりしただろう？　シャンパンで乾杯しようか？」

「妊婦はお酒を飲めないのよ、レイモンド」ジョイスは家の中に入りながら、レイモンドにやさしく言った。

「それならソフトドリンクにしよう」

「私もソフトドリンクにしておこうかしら、万が一のために」ジュディスが言った。

レイモンドは驚いたように彼女を見たが、すぐに頭を振りはじめた。「ジュディス、僕はアレックスに、君のことがわかってないと言われたけど、確かにそうだ。ところで、君はこの家を出て、本当に空港に行くつもりだったのかい？　君を車で空港まで追いかけてくれとアレックスに頼まれたんだ。そこへ君が戻ってきた」

「ええ、そうよ。私は空港へ行こうとしたわ」ジュディスはそう言って、アレックスを見た。「確かに私はまた逃げ出そうとしていたの」

アレックスは身をかがめて彼女の鼻にキスをした。

「でも君はちゃんと戻ってきた！　君を誇らしく思うよ」

レイモンドはそのやりとりを聞いて、不機嫌そうに言った。「わかったよ。君の勝ちだ、アレックス。それじゃ、そのスーツケースの中身は？」

「えっ？　ああ……ええと……これは服や小物よ」

ジュディスは、中身がぬいぐるみと化粧ポーチと下着だとはとても言えなかった。服はミセス・コブにあとから送ってもらうつもりだったのだ。

「聞いただろう、アレックス？」レイモンドは得意げに言った。「ぬいぐるみじゃないってさ。君のはずれだ。君だって、たいしてジュディスのことはわかっていないのさ」

アレックスはジュディスにほほ笑んだ。ジュディスは平然とした顔を装った。アレックスはどうしてわかったのかしら？ ふと、昨日目を覚ましたときに寝室のドアが開いていたのを思い出した。アレックスは私の寝室をのぞいて理解したのだ。今まで、あの父親以外には誰も理解してくれなかったことを。

「そうかもしれないね、レイモンド」アレックスはそう答えて、レイモンドの前で何も得意になる必要はないことをジュディスに示した。彼の大人らしい態度を見て、ジュディスは喜びにひたりながら、意味ありげなウインクを彼に送った。

「パンダのピーターはあなたを誇りに思うでしょうね」ジュディスはレイモンドたちに続いて家に入りながらささやいた。

アレックスは顔をしかめてささやき返した。「僕はパンダのピーターと一緒にベッドに寝ることになるのか？」

「たぶんね」

「ううむ……なかなか侮りがたい敵だぞ。でも僕が君と愛し合っている最中に、君が彼に話しかけたりしたら、彼には出ていってもらうぞ！」

「もしそんなことになったら、ベッドを出ていくのはあなたのほうよ！」

ふたりは目を合わせ、思わず込み上げてきた笑いを抑えた。

13

ヘリコプターが丘陵の上空に差しかかると、ジュディスはその景観に思わず息をのんだ。眼下には、えも言われぬ美しい入江が見え、その沿岸には、やはり美しい小さな町が広がっている。穏やかな青い海には桟橋がひとつ突き出し、その両側に漁船やレジャー用の船舶が停泊していた。

　ジュディスはアレックスに話しかけたが、彼はヘッドホンをしているうえ、エンジンの音がうるさくて、叫ばないかぎり会話にならない。アレックスはヘリコプターを降下させ、今までジュディスが見たことのないほど美しい入江と町を間近で見せてくれたあと、機体を傾けて、丘陵の険しい斜面をふたたび舞い上がった。草木が青々と茂り、何もかもが深緑色に染まっている。

　頂上の森林の中に空地が見えてくると、アレックスはそこへ向けて降下し、鮮やかに着陸した。シドニーのヘリポートを飛び立ってから、一時間弱の空中散歩だった。

　外に出ると、身の引き締まるような澄んだ風が吹いていたが、ふたりは万全の服装をしてきていた。アレックスは今朝、特別なものを見せたいと言っていた。が、それが何かは教えてくれなかった。すべてがあきらかになってから一週間がたち、レイモンドの家から移ったホテルを出てきたばかりだった。

　ジュディスに心から愛されているとアレックスが納得するのに、それだけの時間がかかったのだ。ジュディスのほうも彼を納得させるだけの愛を示したと思っていた。

「ああ、アレックス、なんてすばらしいところなんでしょう！」ジュディスは空地の端まで歩いていき、眼下に広がる海と小さな町を見下ろした。「ここを所有しているの？」

「ああ。この丘陵全部が僕のものだ。僕はここにリゾート施設を造ろうと思っている。君が何か言う前に言っておくと、過度に商業化したりはしないつもりだ。環境にやさしい建物を建てたい。太陽エネルギーを使い、ゲスト用には独立したログ・キャビンを建てて、周囲の景観と溶け込むようにするんだ。下水設備は独自の新しい浄化処理方法を採用し、浄化した水は芝生や庭に使うんだ。海に流すようなことは絶対にしない」

「地元の人たちの意見はどうなの？」

「みんな賛成してくれている。町を支えていた漁業がここ数年不振に陥っていて、若者がみんな仕事を求めて都会に出てしまっているんでね。それから、観光客用に船を何艇か買おうと思っている。フィッシング・ツアーや沿岸クルーズ、目玉としてホエール・ウォッチングを企画したいんだ。すでに失業中の漁師を何名か、ボートの操縦要員として集めてある。彼らは、僕は気が早すぎると思ってるみたいだけどね」

ジュディスはアレックスの腰に腕をまわした。

「私もそう思うわ」

「まだ話の先を聞いてくれ。君は心変わりするかもしれないよ」

ジュディスは急に用心深くなった。「恐ろしい事実があるんだったら全部話してね」

アレックスは真顔になった。「僕はここに住んで、ここで家庭を築きたいんだよ、ジュディス。君が都会育ちだということはわかっているけど、僕はオーストラリアの都会に必ずあるようなペントハウスに住んで、めまぐるしい生活を送るのにはうんざりしてるんだ。僕は簡素な家に住んで平穏に暮らしたい。

もし君が賛成してくれたら、ここに僕たちの家を建てたい。とんがり屋根と、広いベランダがぐるりとついている、頑丈で典型的なオーストラリアの家をね」

「ここに？」ジュディスは自分の足元を指差した。

「そう、ここに」

ジュディスは幸せで胸がいっぱいになった。「私……ああ……気が変になってしまうかもしれない」

「やっぱり、そうか？」

「ああ、アレックス、私、大賛成よ！　私の望んでいるのは平和で簡素な生活なんですもの。それにここは天国みたいだし！」

「でも、看護婦の仕事はどうする？　もう続ける気はないの？」

「もちろん続けるわ。でも、しばらくは赤ちゃんで手いっぱいになるわね。いずれにしろ、あなたがここにリゾート施設を造るんだったら、やる気さえあればいつでも仕事は始められるわ。あなたさえよければだけど」

「それで君が幸せになるなら、僕も幸せだ」

ジュディスは愛する男性に満足げにほほ笑みかけた。アレックスがしばらくかぶっていたあの冷たい仮面の下は、ジュディスが初めて会ったときと同じく、やさしくて、思慮深く、思いやりのある男性だった。

あのときアレックスは、サイモンがカレンに対してしたことにひどく傷ついていた。そしてサイモンがそれは自分のせいではないと言ったことでさらに傷ついた。アレックスはサイモンと妹を結婚させようとさえ思っていたのだ――二枚舌の友人が、パーティの夜に人妻と一緒にいるのを目撃するまでは。

私がそのことを知っていると言ったとき、アレックスがどんなにショックを受けたか、今は容易に想像できる。そんな恐ろしい誤解がもとで、もう少しで彼を失うところだったのだ。そう思うとジュディスは寒気がした。

「アレックス？」

「なんだい？」

「たしか来週、私をあなたの家族に会わせてくれるって言っていたわよね？」

「そうだけど？」

「私……あの……あなたに話していないことがあるの。どうか、どうかカレンを叱《しか》らないでね」

「カレンを叱るだって？　どうして？」

ジュディスはカレンが訪ねてきたこと、彼女がどう考えていたかを話した。

「なんてことだ」それだけ言うと、アレックスはジュディスをぎゅっと抱き締めた。ふたりはしばらく黙ったまま抱き合っていた。

「今はもう、そんなふうに考えてないだろうね？　あの夜の僕の行動が復讐《ふくしゅう》だったなんて思っていないよね？」

「ええ、ぜんぜん」

「よかった」

「カレンには何も言わないでね、アレックス。彼女にはただ、私たちが再会して、恋に落ちたってことにしておきましょう。あのときも愛し合っていたと知らせるのはやめましょう。カレンはひどく動揺するでしょうから」

アレックスはジュディスをじっと見つめた。「君はそんなこと僕に何も言わなかった。それを言えば自分のことを弁護できたのに」

「適当な時期がなかったのよ。あなたは私にひどい先入観を持っていたから、話しても信じてもらえないだろうと思っていたの」

アレックスはうめいた。「認めたくないけど、そのとおりだろうね。僕は、やっと見つけた君がほかの男と婚約していると知って、傷ついて頭が狂っていたから。僕はまた君の虜《とりこ》にならないようにと思って、君を悪く言うものはなんでも信じていた。申し訳ないと思っているよ、ダーリン。こんな僕を許してくれるなんて、君には驚かされてばかりだ」

「私たちにはお互いに言い分があったのね、アレックス。でも、過去はもう水に流したわよね？　私たちはまた気持を確かめ合えたんだから、これからは一緒に幸せになりましょう」

アレックスはジュディスを抱き締めてキスをした。

そうよ、私たちは幸せになるのよ。ジュディスは心に誓った。絶対に。運命が私に二度目のチャンスを与えてくれて、それをしっかりとつかみかけているのだから。もう人生からも愛の情熱からも逃げたりしないわ——もう二度と。人生を抱き締め、愛し、大切にしよう。

アレックスと歩む人生は常に平穏とはいかないかもしれない。それが結婚生活というものだ。でも、ふたりでともに歩もう。なぜなら、私たちはとても大切なもの——真実の愛の強さをやっと手にしたのだから。

二カ月後、ふたりは結婚した。そして九カ月後、ふたりは息子のヴィンセントとともに新しい家へ引っ越した。さらに十八カ月後、リゾート施設の第一弾がオープンし、ジュディスは第二子をみごもっていた。アレックスは町議会議員に立候補を勧められ、ジュディスが賛成してくれたら、と彼は答えた。ジュディスはもちろん大賛成だった。

とっておきの、ときめきを。
ハーレクイン

ハーレクイン・イマージュ 1998年5月刊（I-1151）

愛を見失う前に
2009年10月5日発行

著　者　ミランダ・リー
訳　者　落合どみ（おちあい　どみ）

発行人　立山昭彦
発行所　株式会社ハーレクイン
東京都千代田区内神田1-14-6
電話 03-3292-8091（営業）
03-5309-8260（読者サービス係）

印刷・製本　凸版印刷株式会社
東京都板橋区志村1-11-1

ISBN978-4-596-73807-3 C0297

10月5日の新刊　好評発売中！

愛の激しさを知る　ハーレクイン・ロマンス

侯爵家の花嫁	サラ・クレイヴン／藤村華奈美 訳	R-2422
炎のドレスの誘惑	ロビン・ドナルド／森島小百合 訳	R-2423
いわれなき罰	ミシェル・リード／中村美穂 訳	R-2424
招かれざる愛人	スーザン・スティーヴンス／小長光弘美 訳	R-2425

ピュアな思いに満たされる　ハーレクイン・イマージュ

奇跡に満ちた夏	マーナ・マッケンジー／中野かれん 訳	I-2051
砂漠に魅せられて	ナターシャ・オークリー／伊坂奈々 訳	I-2052
突然のプリンセス（王宮の恋人たち I）	レベッカ・ウインターズ／山口西夏 訳	I-2053

別の時代、別の世界へ　ハーレクイン・ヒストリカル

伯爵の華麗なる復讐	シルヴィア・アンドルー／井上　碧 訳	HS-378
冷たい花婿	リン・ストーン／江田さだえ 訳	HS-379

この情熱は止められない！　ハーレクイン・ディザイア

すれ違いのマンハッタン（パークアベニューにようこそIV）	バーバラ・ダンロップ／渡部夢霧 訳	D-1333
キスの意味を教えて	ジョーン・ホール／瀧川紫乃 訳	D-1334
凍てついたハート（テキサスの恋 36）	ダイアナ・パーマー／宮崎真紀 訳	D-1335

永遠のラブストーリー　ハーレクイン・クラシックス

愛しくて憎い人	ルーシー・ゴードン／高杉啓子 訳	C-806
愛を見失う前に	ミランダ・リー／落合どみ 訳	C-807
大人になった夜	ケイト・ウォーカー／藤村華奈美 訳	C-808
契約関係	キャシー・ウィリアムズ／原　淳子 訳	C-809

ハーレクイン文庫　文庫コーナーでお求めください　10月1日発売

白薔薇の騎士	ジュリア・バーン／早川麻百合 訳	HQB-254
愛のソネット	ステファニー・ローレンス／鈴木たえ子 訳	HQB-255
愛しすぎた結末	ジャクリーン・バード／高田真紗子 訳	HQB-256
ハロウィーンの夜	ヴァイオレット・ウィンズピア／堤　祐子 訳	HQB-257
すばらしい時	デビー・マッコーマー／秋野ユリ 訳	HQB-258
女相続人ケイシー	シャロン・サラ／佐野雅子 訳	HQB-259

“ハーレクイン”原作のコミックス

●ハーレクイン コミックス（描きおろし） 毎月1日発売　●ハーレクイン コミックス・キララ 毎月11日発売
●ハーレクインオリジナル 毎月11日発売　●月刊ハーレクイン 毎月21日発売
※コミックスはコミックス売り場で、月刊誌は雑誌コーナーでお求めください。

10月20日の新刊発売日10月16日

※地域および流通の都合により変更になる場合があります。

愛の激しさを知る　ハーレクイン・ロマンス

運命がほほえむ日	リンゼイ・アームストロング／みゆき寿々 訳	R-2426
甘美な愛人契約（三人の無垢な花嫁Ⅱ）	リン・グレアム／漆原　麗 訳	R-2427
マドリードの約束	ダイアナ・ハミルトン／吉本ミキ 訳	R-2428
瞳に宿る思い	メラニー・ミルバーン／萩原ちさと 訳	R-2429
愛という名の鎖	サラ・モーガン／片山真紀 訳	R-2430

ピュアな思いに満たされる　ハーレクイン・イマージュ

洋上のときめき	ジェニー・アダムズ／沢田由美子 訳	I-2054
プルメリアに誓う恋	ジュディ・クリスンベリ／青木れいな 訳	I-2055
禁断の林檎	ベティ・ニールズ／桃里留加 訳	I-2056

この情熱は止められない！　ハーレクイン・ディザイア

海と月とプレイボーイ	モーリーン・チャイルド／外山恵理 訳	D-1336
いつしか花嫁候補（キンケイド家の遺言ゲームⅡ）	エミリー・ローズ／島野めぐみ 訳	D-1337
忘れがたき誘惑	ハイディ・ライス／すなみ　翔 訳	D-1338

人気作家の名作ミニシリーズ　ハーレクイン・プレゼンツ 作家シリーズ

失われた王冠Ⅱ　光と闇のプリンス	レイ・モーガン／山田沙羅 訳	P-356
都合のいい結婚Ⅳ		P-357
十年目のプロポーズ	クリスティン・リマー／小川孝江 訳	
五百万ドルの花嫁	クリスティン・リマー／麻生ミキ 訳	

お好きなテーマで読める　ハーレクイン・リクエスト

初恋の紳士（初めて出会う恋）	アン・アシュリー／古沢絵里 訳	HR-244
世紀のプレイボーイ（地中海の恋人）	シャロン・ケンドリック／橘　由美 訳	HR-245
大富豪の誤算（億万長者に恋して）	メリッサ・マクローン／山田沙羅 訳	HR-246
謎めいた復讐（愛と復讐の物語）	リー・ウィルキンソン／橘　由美 訳	HR-247

クーポンを集めてキャンペーンに参加しよう！

30周年
2009
10月刊行

← キャンペーン用クーポン

詳細は巻末広告他でご覧ください。